JN068461

エルシュオン
ミヅキの保護者。親猫扱いされるイルフェナの第二王子。あまりに高い魔力と敵に対する容赦のなさから魔王と呼ばれている。
ルドルフ
ゼブレストの王。
親しみやすい性格からミヅキの親友になる。
香坂御月
(コウサカ ミヅキ)
気がついたら異世界にいたドSな女性。異世界人の魔導師という立場故、問題に遭遇しやすい。周りからは鬼畜魔導師と恐れられる。

アグノス
ハーヴィスの第三王女。『血の淀み』の影響で常人とは少し異なる思考を持っている。
イルフェナ王
エルシュオンの父であり、イルフェナの最高権力者。その地位に相応しい『実力』を持ち合わせている。
ハーヴィス王
鎖国状態であるハーヴィスの王。事の元凶をあまり理解していない節がある。
ハーヴィス宰相
経験豊富で才覚に富む政治家。ハーヴィス王のコンプレックスを刺激する存在にもなっている。
登場人物紹介

目次

プロローグ

——ハーヴィス王城にて（ハーヴィス王妃視点）

「どういうことだ！」

帰国した使者からの報告に、陛下は声を荒げる。そんな様子を冷めた目で眺めながらも、私は……深々と溜息を吐いていた。諦めている、と言ってもいい。

私とてハーヴィスの王妃たる者。そう簡単に諦めはしないし、次なる手を考えるべきであることは判っている。

そう、判ってはいる……いるのだ。判っているのだけど。

胸に宿るのは、更なる絶望だった。

敵に回した相手、その得体の知れない恐怖に苛まれていると言ってもいい。

アグノスの起こした『イルフェナの第二王子襲撃事件』。それはアグノスが『血の淀み』を持っていると言ったところで、なかったことにしてもらえるほど軽くはない。

まして、襲撃現場にはゼブレスト王も居り、巻き込まれたと聞いている。いくら実績に乏しい若い王であろうとも、一国の王。抗議が成されないはずはなかった。

事情を聞こうにも、当のアグノスは事の重大さを理解していない。いや、『それが悪いことだと知らない』のだと、そう認識せざるを得なかった。

事件のあらましを聞いても微笑みを絶やさず、私達の糾弾にも、何一つ隠すことなく素直に答える様は……異様だった。

喩えるならば、『無垢』。悪意の籠もらぬ、純粋な眼差し。

その表情に、その口調に、私は……私達は、取り返しのつかない過ちを犯したと知ったのだ。

アグノスは陛下の愛した側室唯一の子にして、彼女の忘れ形見でもあった。彼女の母が血の濃さによる虚弱性を抱えていたように、アグノスは生まれながらに『血の淀み』を持っていた。


――『血の淀み』とは、血の濃さから引き起こされる『特異性』である。


『特異性』と言ってしまえば、まるで個性か何かのように聞こえるが……実際には、虚弱性や精神の異常、知能の低下などが挙げられる。

はっきり言ってしまえば、隠されるべき負の遺産なのだ。婚姻に相応しい身分が必要とされることから起こる悲劇、と言ってしまえるのかもしれないが。

特に、大陸全土が戦乱状態になれば、他国からのスパイや干渉を防ぐべく、婚姻は自国内でのみ行なわれることが大半。必然的に、王家を始めとする高位貴族達の婚姻は血の近い者同士で行なわれることが多くなってしまう。

……その弊害が『血の淀み』。生まれながらに持つ忌まわしい要素。

『血の淀み』を持つ者は独自の世界観や価値観を持つ者が多く、美しい容姿に恵まれていることも多い。そして、時には非常に人を惹き付ける魅力を持つ者も存在した。

彼ら、彼女らの世界は誰にも理解できないが、その無垢さは心酔する者達を生み出す。

放置してよいものではないのだ。自国において監視と管理が徹底され、極力、その影響が出ないように飼い殺すことが義務付けられているのである。そうでなければ、とんでもないことになる……いや、『なった』のだ。

命を懸けた戦闘に喜びを見出し、自国を巻き込んで戦に興じた『戦狂い』と呼ばれた王。

一筋の悪をも許さず、鋼の正義に拘り続け、最終的には恨みの刃に命を散らした王族。

彼らが一概に『悪』と称されないのは、場合によってはその特出した才覚が認められる場合があるからだろう。だが、それは非常に極端なものであるとも言われており、惜しみつつも、闇に葬られていくことが常であった。

それはどんな国でも同じ。過去に存在した『血の淀み』持ちが起こした事件が伝わっているからこそ、管理し、抑え込む術がない限り、それが当たり前なのだ。

そう、『当たり前だったはず』なのだ……！


『彼女が命と引き換えに産んだ娘に、普通の幸せを与えてやりたい』

『婚姻は無理でも、幸せな人生を……！』


側室の遺言、陛下による一国の王にあるまじき『我侭』。

私達はそれを突っぱねるべきだった。たとえ、亡き側室の想いを踏み躙ることになろうとも、王権の強いハーヴィスにおいて王に逆らうことになろうとも、許してはいけなかった！

亡き側室が望んだものは、普通であれば非常に些細な願いであり、大して珍しくはないものだったろう。死にゆく者が、娘のことを託す最期の願い……我が子への愛情。

多くを望んだわけではなかった。取り立てて珍しい願いではなく、彼女の娘……アグノスに何の問題もなければ、叶うはずだったのだ。

……が、神はどこまでも非情であって。

亡き側室が信頼していた乳母の奮闘も空しく、アグノスには『血の淀み』という呪いの片鱗が見られるようになってしまった。これには関係者達全員が顔色を変えたことだろう。

アグノスが徐々に問題を起こすようになると、事情を知る者達は大きく分けて二つの対応を見せるようになっていった。


一つは乳母が中心となり、アグノスを何とか躾けようと尽力する一派。

もう一つはアグノスの美しさや聡明さに心酔し、無条件に言うことを聞こうとする一派。


乳母に賛同する者達はともかく、後者は最悪だ。彼らはアグノスの願いを叶えることこそ重要であり、その願いを妨げる者を悪として、遠ざけたのだ。

勿論、これらは後の調査で判ったことである。乳母の報告は自分達の取った行動などといったものが中心に書かれ、後者の問題行動をする者達のことは暈されていたのだから。

……ただ、そうしなければならなかった乳母の心情も理解できる。

もしも、それらすべてが報告されていたならば、アグノスの異常性は間違いなく、知れ渡ってしまっただろう。貴族達から糾弾されることは確実だが、亡き側室への個人的な感情を優先し、取られるべき対処を緩いものにした陛下に問題が起こった場合の対処など、あるはずもない。

これはある意味、確信だった。そんなものがあったならば、かの側室との間に子を作ることを反対された時点で、皆に示されていただろうから。

魔導師の評判を聞き、顔を青褪めさせるばかりの陛下へと、失望の溜息を吐く。あれほど『イルフェナはそんなに甘い国ではないし、魔導師も甘く見ない方が良い』と言ったにも拘わらず、未だ、温い方向に考えていたのだと悟って。

陛下は悪政を布くような方ではない。個人としてならば、善良と言えるだろう。

ただし、『それだけ』。王としての資質と個人の性格は別問題なのだから。

これで私や宰相の言葉を素直に聞いてくれるようなら、まだ良かった。だが、陛下御自身の善良さが仇となり、衝突することも多い。

『善良な性格であること』と『王としての判断』は別物なのだ。時には残酷な選択をし、国のために裏工作を講じることもまた、王としての義務。

だが、陛下は妙に頑なな一面があり、時には感情優先――端から見れば、『お優しい方』に見えるのだろう――の選択をすることも多かった。

先代様も陛下のそういった点を危惧しておられたため、私のような者を王妃にと選んだのだろう。陛下と相対するような……『個人としての感情よりも、義務や結果を重視する者』を。

それを踏まえれば、陛下との対立が多いのも仕方のないこと。私と陛下が重視するものが違う以上、どうしたって遣り方に文句が出るのは当然なのだから。

先代様もそれは想定範囲だったらしく、私達の緩和剤のような役目を宰相に期待していたらしい。王妃の言葉に素直に従えなくとも、宰相の言葉なら耳を傾けるのではないか、と。

陛下の頑なさが宰相相手にさえ発揮されるなど、先代様も予想外だったろう。ただ、傍で見ていた私からすれば、それも仕方ないと思えてしまう。

陛下御自身に自覚はないのかもしれないが、重要な選択をする際に頼られる宰相は……陛下のコンプレックスを非常に刺激する存在なのだ。

王権の強い我が国においては、暗に『陛下よりも信頼できる』と言われているようなもの。

実際には、陛下と宰相の言葉の重さの違いである。個人的な善良さのみが目立つ陛下に比べ、宰相は自身の経験に裏打ちされた策と、揃えた情報を提示した上で、意見を呈する。

……どちらが信頼できるかなんて、明白だろう。私自身も宰相に思うことはあれど、彼の才覚には素直に尊敬の念を抱いていた。

少なくとも、『国のため』ということに限り、宰相は頼もしき同志である。私のこととて、『政に口を出す煩い女』ではなく、『政について学んだ王妃』として扱ってくれ、時には私の意見に賛同してくれることもあった。

――それが余計に陛下の頑なさに拍車をかけてしまったのか。

年々、陛下は私達の言葉を聞かず、自分に賛同する貴族達の言葉に耳を傾けるようになってしまった。そんな貴族達の大半が『陛下は善良である』という褒め方をするため、余計にそれに縋っていったと言ってもいいだろう。

要は、陛下は逃げたのだ。時には泥を被らねばならぬ、王としての責任から。

亡き側室の愛した『御伽噺の王子様のように善良で優しい方』という自分を保ちたかったこと

も、一因かもしれない。彼女は政に疎く、王族としての責務さえよく判っていない人だった。

　そんな虚像に縋った果てが、アグノスの起こした襲撃事件。


「何故だ……何故、こんなことを……」


『善良な』陛下には、信じられないことだったろう。アグノスの起こしたことに対する対処など思いつかず、悲劇の父親としての姿を晒す様はあまりにも情けなかった。

　だが、世間がそれで済ませてくれるはずもない。貴族達も今後が掛かっているということもあり、迂闊に陛下を持ち上げることはできないようだ。今や、ハーヴィスの王城は誰もが暗い顔をし、緊張感を漂わせる場所となっていた。

　そうなった最大の理由が……『イルフェナに保護されている魔導師からの報復』。

　魔導師の噂は度々耳にしていたが、彼女はこれまでの魔導師達とは全く異なっている。寧ろ、各国の憂いを払う誇り高い人物として、その存在を広めているのだ。

　ただし、彼女が『恐ろしい存在』であることも事実であって。

　敵となった者には容赦しないことも知られているのだ。同時に、『彼女が唯一、言うことを聞く存在こそ、イルフェナのエルシュオン殿下である』ということも。

　つまり、ハーヴィスはアグノスの凶行に頭を悩ませるだけではなく、魔導師の報復にも対処せねばならなくなったのだ。これまでのツケを一気に払うことになったと言われればそれまでだが、現実逃避をしたくなる事態である。

だが、それでも。

それでも私は、このハーヴィスの王妃であって。

「いい加減になさいませ、陛下。ご自分の不幸を嘆く資格など、貴方にはありませんわ」

「王妃……」

「アグノスの父として嘆いている時間など、我が国にはございませんの。必要なのは『父親の嘆きで同情を引くこと』ではなく、『不祥事を起こした王女を抱える国の王としての対応』ですわ」

守るべくは国であって、アグノスではない。そのためならば、この命さえも差し出そう。

そう覚悟を決めて、陛下を叱責する。そんな私に対し、陛下は返す言葉を持たないのか、絶望に顔を染めるだけだった。

「事が起こってしまった以上、すでに遅いのです。アグノスの置かれた状況、『血の淀み』を持つ者への対処を軽んじたこと……間違いなく、イルフェナは指摘してくるでしょう。私達の意見を聞かず、ご自分が強行したことばかりではありませんか。最低限、その理由を口になさってくださいね。それが責任というものですわ」

「……」

「できる限り、助力は致します。ですが、私が守るべきものは国であって、アグノスではないことをご理解ください」

冷たいと言われようとも、私まで立場を放り出すわけにはいかない。それがハーヴィス王妃たる私の矜持であり、後を頼むことになるであろう子供達へと見せる、王族の姿なのだから。

第一話　弄んでこそ、魔導師です

――ガニア・転移法陣付近にて

「じゃあ、俺はここで。頑張って……というのも妙な感じだけど、気を付けて」

「ここまで運んでくれて、ありがとうございました！　たった今、ポイ捨てされた荷物一同、激励を受けたと解釈して頑張ってきます！」

「え……いや、その」

「まさか、マジで『荷物扱い』とは思いませんでしたからね」

「ええと……その、ルーカス様にも悪気はないから！　君達を同行者にできない以上、連れていく『何か』にしなければならなかっただけだからね⁉」

顔を引き攣らせたヴァージル君とて、それ以上のフォローのしようがないのだろう。精一杯『仕方なかったんだよ！』と訴えてはいるが、視線を微妙に逸らしている。

なお、こうなった原因はルーカスだったり。

『ヴァージル。王都に戻ったら、ガニアに向かってもらうが……ガニアへの転移法陣を出たら、近くにこいつらを捨てて来い』

『捨てて来い』。うん、確かにルーカスはこう言った。ただ、転移法陣を通る以上、荷物や同行者の申請は必須。他国に赴くわけですから、当然ですね！

さすがに、相手国であるガニアにも協力者が必要だと思ったのか、ルーカスは速攻で連絡を入れ、ガニア側の許可を取っていた。

なお、その相手はテゼルト殿下であ～る。

どうやら、私からの手紙が来てすぐにガニアへと書を送ったらしく、テゼルト殿下とは直通で手紙の遣り取りができるようになっていたみたい。

『今回、互いに狙われる可能性があるんだ。情報共有は少しでも早い方が良い』

以上、ルーカスの言葉である。

テゼルト殿下の方もシュアンゼ殿下経由で私の手紙を見ていただろうから、あっさりと了承した模様。と言うか、どちらかと言えば、次にハーヴィスから狙われそうなのはガニアなので、いち早く味方を作ることにしたのだと思う。

キヴェラとしてもハーヴィスからは距離があるため、ガニアからの情報提供はありがたいのだろう。これまでの行ないがあるゆえか、キヴェラが動くと警戒されやすいしね。

そう、それは判る。そういった裏事情があると、納得もしよう。だけど、手紙を送る建前として使われた案件が『魔導師の被害状況について』ってのは、どういうことだ……？

抗議すれば、ルーカスは呆れた目を向けるなり鼻で笑った。

『お前、自分の与えた被害の大きさを知らんのか』

『そもそも、先の一件がある以上、ガニアとしては無視できない内容だろう』

『季節の挨拶など、白々しいだけだろう。何より、今回の一件は知っている者が限られる。ならば、共通の話題が最適というものだ』

『だいたい、お前が各国でやらかすなど、今更じゃないか。己の行動を顧みろ、珍獣』

ルーカスの言い分に、私は反論する術を持たなかった。全部、事実だもん。

確かに、そういった方向からのアプローチならば、魔導師の被害に遭ったばかりのガニアの興味は引ける気がする。『貴方の身近な恐怖・魔導師さん』は都市伝説並みに恐怖のネタとして広まりつつあるので、『少しでも情報が欲しい』と考えるのは、各国共通の認識だろうから。

ガニアは王弟夫妻がやらかしたばかりなのだ……その際、一部の貴族達が魔導師へと攻撃を仕掛けたことは事実である。これ以上魔導師を怒らせる事態なんて、今は避けたいだろうしね。


でもね、釈然としないのも事実なの。

私は望まれた結果を出しているだけなんですが……？


思い浮かんだのは、元の世界のネット掲示板。この世界にあったら、『魔導師被害状況報告スレ』とか立ちそう。多分、同時進行で『親猫様を労るスレ』とかもできるんだろうな。

なお、ルーカスは割とガチで、テゼルト殿下に労りのお手紙を書いたらしい。曰く、『立場上、彼は精神的な被害が大きそうだから』。

一般的には『王弟夫妻処罰のあれこれ』が目立っているが、それだけではない――そこに持っていくための布石もあったと、ルーカスは気付いている模様。

ただ、あまり内部のことを突くのも失礼だし、教えてもくれないと判っているので、『魔導師にやられて大変でしたね』（意訳）的な、当たり障りのない言葉選びをしたのだろう。うむ、賢い。

「とりあえず、俺はこのままテゼルト殿下を訪ねることになっている。同行させたのは構わないが、魔導師殿達はその後、どうするんだ？」

私達を不法投棄（※ガニアには内密に申告済み）したこともあり、ヴァージル君は私達の今後の行動が気になるようだ。……が、実のところ『ハーヴィスとイルフェナが話し合い中』という可能性もあるので、即座に突撃する気はなかったり。

「ん～……一応、情報収集と作戦を考えるために一泊、かな。イルフェナとの話し合いが終わってない可能性を考えると、下手なことはしたくないし」

「あれ、イルフェナに居る協力者と連絡が取れるのかい？」

「ハーヴィスの出方次第で、イルフェナの対応が決まるからね。それを教えてもらうために、手紙の遣り取りはできるよ」

万が一……いや、億に一だけど、ハーヴィスの使者がとんでもなく優秀という可能性もあるじゃないか。予想外に、良いお仕事をする可能性も捨てきれない。

何せ、ハーヴィスはほぼ鎖国状態。外交手腕がどれほどかなんて、誰も知らなかったのよね。

だから、『話し合いでイルフェナが納得する』という可能性もゼロではない。いくら何でも話が通じる奴が派遣されてくるだろうし、土下座する勢いで謝罪から入るかもしれないじゃないか。

「ルドルフも『イルフェナが納得するなら、決定に従う』って言ってたから、本当にイルフェナの決定次第なんだよね。私達の目的がいくら『ご挨拶』でも、何度も来たくないもん」

本音を口にすると、ヴァージル君は納得したような顔になった。

「要は、面倒なんだね？　魔導師殿」

「うん」

それ以外に理由がない。一回の『ご挨拶』で、できるだけハーヴィスを追い詰めておきたい……という心境だ。チクチク突くにしても、拠点が必要になってくるし。

と言うか、現在のハーヴィスの在り方……もっと言うなら、王家に反発する輩（？）が居る以上、下手に時間をかけるのは悪手だろう。次の襲撃がどこかの国で起きてしまう。

そうなる前にハーヴィス王家に決断させたいと、私は考えていた。未だ、内部の意見が纏まらずにいるならば、決定権を持つ最高権力者を話し合いの場に引っ張り出すまで。

「『使者をイルフェナに来させる』なんて温いことを言わず、ハーヴィス王自身を引っ張り出して、公の場で言質を取りたいのよね。ほら、折角、皆もイルフェナに居るし！」

「え」

「まさか、『公の場』で『一国の王』が『他国の者達』を前に『己が発言に責任を持たない』なんて、言えないでしょ？」

ハーヴィスの自浄（笑）なんざ、全く期待できん！
ならば、『言葉に責任を持たなければならない状況』にするまでよ！

「味方皆無の上、国に信頼がないって、大変ね♪　時間が経てば経つほど、最悪な状況に追い込まれていくんだから」

「……。ちなみに、魔導師殿の望みが叶ったとして。王の言葉が守られなかった場合は？」

「各国から批難轟々の挙句、二度と繋がりなんて持てないんじゃない？　信頼できないもの。今回のことが解決したとしても、ハーヴィスが今後、鎖国状態を解いて擦り寄ってくる可能性がある以上、見極めは必須だと思う」

「なるほど、ハーヴィスは今回のことだけでなく、今後の付き合いも含めて、魔導師殿達に試されることになるのか……」

色々盛り込み過ぎと呆れるでないよ、ヴァージル君。私も勝手な行動をした以上、それなりに『お土産』を用意しなけりゃ、帰り辛いじゃないか。

少なくとも、今回の『遠足』の必要性は主張できる。守護役達も同行している以上、私個人の見解ということにはなるまい。

「では今現在、イルフェナを訪れているだろう使者殿には一体、どのような役目が？」

「ん？　魔導師の恐怖とイルフェナ側の怒りを知ってもらうくらいじゃない？　事実確認も必要だけど、それを自国に伝えることも重要だからね」

セイルの問いかけにも、さらっと返答。ぶっちゃけ、ハーヴィスからの使者の役目なんて、その程度。国を怒らせて、使者如きの謝罪で済むはずはないのだから。

「直接関わった人達から魔導師の話を聞けば、少しは現実が見えると思うのよ。って言うか、少なくとも今回の襲撃を利用しようとする輩への牽制にはなる。だから、ハーヴィスは『今回の襲撃における、イルフェナへの対応』のみを考えればいい」

「ハーヴィス内部の争いについては？　それではハーヴィスが一時、大人しくなるだけだろう？」

「知らね。それ、他国は関係ないことじゃん！」

そもそも、ハーヴィスの内部事情は他人事だ。ハーヴィスからすれば、それもアグノスの行動を見逃した言い訳の一つであり、今回の一件の裏事情のような扱いになるのだろうが……イルフェナや魔導師が出張る案件ではない。シカト、シカト。

「私達は『襲撃を利用しようと画策した奴の、思い通りに踊りたくない！』とは思っているけど、別にハーヴィスを正しい形にさせようとか、王家の味方をしようとか、鎖国を解除させようとは思っていない。イルフェナと私の気が済めば、後は無関係」

厳しいようだが、それが現実だ。サロヴァーラでの『あれこれ』（意訳）は、私がティルシアを共犯にしたことへの見返りであり、他は魔王様経由のお仕事。取引と義務ですぞ。

そもそも、私は慈善事業なんて遣る気はないし、奉仕精神も持ち合わせておりません。寧ろ、ハーヴィスは嫌いと公言してもいる。内部を収めるお手伝いなんて、しませんよ。

何より、今回は絶対に魔王様経由のお仕事になることはないと思っている。

ルドルフを危険に晒し、護衛をしていた騎士達が謹慎処分になった元凶からの『お願い』なんて、魔王様は絶対に受けまい。

魔王様の選択が個人的な感情ゆえのものと言われようとも、今回ばかりは『イルフェナという国』がその選択を後押しするだろう。国としても、ハーヴィスに良い感情などないのだから。

「ふふ。それでは『ご挨拶』が実質、裏工作とも言えるのですね」

「まあね。だから、言ったでしょう？　私は今回、ハーヴィスを滅ぼそうとは思わないよって」

「その方が『悲劇の国』として、人々の同情を買えたでしょうに」

「だから、やらないんじゃない！　あの国は『加害者』だよ」

「ごもっとも」

共犯者の笑みで頷（うなず）き合う私とセイルに、ジークは楽しそうな笑顔を見せ、ヴァージル君は顔を引き攣らせた。アベルは深々と溜息を吐いている。そんな彼らの姿に、私はいい笑顔を浮かべた。

やだなぁ、私は魔導師だよ？　自分が加害者扱いされる可能性がある以上、立ち回りには気を使いますとも。魔王様の恥になる気もございません！

精神年齢幼女の可能性があるアグノスはともかく、無責任なハーヴィス王に慈悲（じひ）はない。死ぬよりも生き恥を晒してもらった方が、後々、楽しそうじゃないか。

「お前、本っ当に性格悪いわ」

煩いですよ、アベル君！　達観（たっかん）した表情になっている以上、すでに諦めはついているってことでしょうが。今更ですよ、い・ま・さ・ら！

キヴェラで荷物扱い――本当に、荷物扱いされた！――された時だって、ルーカスは笑顔で私に『危険物（生物）』って札、貼り付けたじゃん！　あれ、絶対に本心だからね⁉　今後を見越して、楽しんでたからね⁉

それに。

私は元から、『世界の災厄』だもの。……自国のために頑張れる王がハーヴィスに居ないなら、関わる必要なんてないに決まっているでしょ。

第二話　親友からのお手紙＝報復へのＧＯサイン

――ガニア・とある宿にて

ヴァージル君と別れた私達は、とりあえず一軒の宿屋に落ち着いた。

私は前回ガニアに来た際、ほぼ城に滞在していたので、民間の宿屋の方が顔を知られていない。

それに加えて、ここは城下町。商人なども多く行き交っているので、他国の人間が居たところで不審がられまい。

……そんなわけで。

イルフェナの現状を把握すべく、我が共犯者ことルドルフ君へとお手紙を送ってみた。ルドルフは隣国の王としてイルフェナに滞在しているので、手紙などが勝手に弄られる心配はない。つまり、魔王様にもバレにくいってこと。

私が情報を聞く相手としては最適です。アルやクラウスあたりだと魔王様が警戒しているだろうから、速攻でバレる可能性があるからね！

そして、ルドルフからの手紙は、私達が夕食を食べ終わった頃に来た。四人一緒の部屋にしてもらったので、皆の視線も一気に手紙へと集中する。

勿論、防音魔法は事前に展開済み。万が一を考え、ジークが扉のすぐ傍に控え、周囲を警戒してくれている。

「さあ、どんなことが書かれているかな？」

代表して、まずは私が読ませてもらう。ほうほう……まあ、概ね予想通りになった模様。

ここで『ハーヴィス王が直々に謝罪に来た』とか書いてあろうものなら、私達の計画も一旦ストップしなければならなかった。いくら何でも、一国の王が頭を下げに来たとあっては、イルフェナとしても気を使う。ぶっちゃけ、『大人の対応』（意訳）をする必要が出てきてしまう。

そうなると、私が暴れるのは完全に悪手だ。ハーヴィス側に有益な交渉材料を与えてしまうもの。

「とりあえず、計画中止にはならないみたい。何があったかは、ルドルフからの手紙を読んでみて」

言いながら、皆へと手紙を差し出す。さすがに気になったのか、一番最初に受け取ったのはセイルだった。主の傍を離れたセイルを思い遣ってか、残る二人も文句はないらしい。

セイルは手紙に目を通すなり、口元を笑みの形に歪めた。

「……。まあ、期待はしていませんでしたが」

「それ、どっちの期待よ？」

「勿論、『ハーヴィス側が誠意を見せる』ということに対してですよ。そんなことができるならば、最初から迅速な行動ができるはずです」

「……」

そりゃ、そうか。王子が襲撃された以上、イルフェナは速攻で抗議の一つや二つしているはず。それをぐずぐずしていたのがハーヴィスなので、セイルの信頼のなさも納得ですね！

と、言うか。即座に何らかのアクションがないって、かなりおかしい。

予想外の事態にハーヴィス側も混乱していただろうけど、事実確認ぐらいはすぐにできたはず。それにも拘わらず、対応の遅れが目立つということは……どんな一手を打つことが最善か、本当に判らなかったんだろうな。

情報の少なさもあって、今回の使者の派遣は情報収集に努めたという気がする。そこから突破口を探そうとしても不思議はない。

なにせ、ただでさえイルフェナは警戒すべき国。それに加えて、襲撃の被害者である第二王子エルシュオン殿下は物騒な渾名持ち。『最悪の剣』と呼ばれる騎士達とて、十分警戒対象だ。

そこに最近、異世界産の魔導師が加わったとなれば、恐れるな、という方が無理なのかもしれない。そういった事情を踏まえると、少しはハーヴィスに同情できなくもない。

勿論、あくまでも私個人の予想に過ぎない。だが、これまでのハーヴィスの対応を見る限り、これが正解に思えるのも当然であって。

……。


失礼な国だな、ハーヴィス。イルフェナはそこまで心が狭くないやい。

私も、魔王様も、お話が通じないお馬鹿さんじゃないってのに！


「何て言うか、使者殿が哀れだな。これ、明らかに情報収集のための生贄（いけにえ）だろ」

哀れむようにアベルが告げると、「でしょうねぇ」とセイルが即座に同意する。私とジークも頷くことで同意。

誰がどう見ても、イルフェナに向かわされた使者は生贄だろう。この使者が害された場合、イルフェナが激怒しているという証明になるのだから。

そういったことも踏まえて、私達は『生贄』と称した。いくら国の期待を一身に背負った立場とは言え、実に哀れな存在です。

だが、イルフェナはそんな遣り方に乗ってやるほど優しくはなかったらしく。

「気絶した使者殿を休ませ、無傷で送り返すつもりとはね。これでハーヴィスは益々（ますます）、イルフェナへの対応が判らなくなったでしょうよ。『優しくしてもらった』のか、『価値がないから突き返された』のか、判らないもの」

「どっちにも取れる態度だもんな。しかも、護衛としてついていたクラレンス殿は近衛副騎士団長。それなりにもてなした、とも受け取れる」

「まあねー……身分と立場『だけ』を見た場合に限るけど」

「だよな」

アベル共々、生温かい目を手紙に向ける。イルフェナは中々に遊んでいるらしいと察して。

『副騎士団長を務める公爵家の人間』が護衛と案内をしていた以上、『国からの使者を軽んじられた』なんて言えないじゃないか。寧ろ、現状を踏まえると、イルフェナの誠実さが窺える。

ただし、それはあくまでも『護衛の身分と役職を重視した場合』という前提だ。


私達は知っている。その『イルフェナが示した誠意』とも言うべきクラレンスさんが、『毒夫婦の片割れ』やら、『近衛の鬼畜』と呼ばれていることを。


そんな人が案内を務めている以上、それはそれは物腰柔らかく丁寧な態度と言葉で、相手の心をじわじわと抉るだろう。それができない人ではない。

「そこに加えて、イルフェナを訪れているミヅキの『友人達』が色々と話したらしいな。使者殿はさぞ、恐怖を煽られただろう」

「いやいや、ジーク？　皆は『自国にとって都合の悪いことを隠した上で、事実を口にしただけ』

だからね？　さすがに国からの正式な使者相手に、過剰表現はしていないと思うよ？」

「だから、より最悪なんじゃないか」

突っ込めば、さらりと返すジーク。……おい、残る二人も頷いているのは、どういうことだ⁉

ジトっとした目を向けると、セイルが「仕方ないですね」とばかりに、優しい目を向けてきた。

「ミヅキ。貴女は手加減などしない性格でしょう？　そして、結果のみを求める人です。そのための手段の多くは、表沙汰にできないものばかり。貴女の性格の悪さと執念深さを延々と語られた上で、『ハーヴィスへ報復に向かった』と言われたら、絶望しますよ」

「貴族や王族だって、叩けば埃がいっぱい出るじゃん！　性格が良い人なんて稀でしょ⁉」

「政は綺麗事だけで成り立ってはおりませんので。その必要のない貴女が何故、嬉々として裏工作に興じるのでしょうね？　間違いなく、個人的な感情も含まれているでしょう？」

「……」

「……」

「……終わり良ければ全て良し、という言葉がありまして」

「お前の場合は遣り過ぎなんだよっ！」

アベルが突っ込む形で私達の会話に割り込み、ジークは無邪気な笑顔で「そうだな」と同意した。

くそう……味方が居ねぇっ！

「まあ、イルフェナが『報復中止』とか言い出さない限り、どうでもいいんだけどさ」

ぶっちゃけ、これが最重要。ルドルフからの手紙にはそういったことが欠片も書かれていないので、魔王様にしろ、クラレンスさんにしろ、私を止める気はないのだろう。

と言うか、魔王様の場合は『止めたくても、止める術がない』と言った方が正しい。

何度も言うが、ルドルフは今回、私の味方なのだ……襲撃に巻き込まれた被害者である我が共犯者様は『ハーヴィスへの報復？　大・推・奨☆』という方針です。元から止める気ゼロなので、手紙の遣り取りができることを秘密にしているに違いない。

騎士寮面子（メンツ）は本当に何も知らないから、探られても問題なし。彼らの次に疑惑の目で見られるのはセシル達だけど、他国の王族や高位貴族達を証拠もなく疑うことはできないため、疑いはすれども、追及するのは無理だろう。

一番疑われるのは間違いなく、灰色猫ことシュアンゼ殿下。次点でグレンと予想。ただし、こちらもそれは予想済みであり、フェイクの本命はシュアンゼ殿下だったりする。

魔王様からストップがかかることを予想し、誤魔化（ごまか）しをお願いしたところ、快く頷いてくれたんだよねぇ……。寧ろ、疑われたことを幸いに、言葉と態度で魔王様を翻弄（ほんろう）する気満々と見た。


そちらは任せたぞ、灰色猫！

魔王様からの説教はルドルフも交えて、皆一緒に受けような！


「ん？　ということは、ミヅキはハーヴィスの態度に怒っていないのか？」

「うん。元から期待してないし」

私の返事が意外だったらしく、ジークは不思議そうだ。それはアベルも同様らしく、訝しげに私を眺めている。

……が、セイルだけは納得したような顔で苦笑気味。

「……ルドルフ様が楽しそうだから、ですよね？」

「『は？』」

「これまで、ルドルフ様はお留守番ばかりでしたから。今回、ルドルフ様は正真正銘、ミヅキの共犯者なのですよ」

ほら、とセイルが指差したのはルドルフからの手紙。その文章からは、楽しげなルドルフの様子がたやすく思い浮かぶ。

『ハーヴィスからの使者殿は話し合いの前に、クラレンス殿の手引きによって、ミヅキの友人達から話を聞いたらしい』

『クラレンス殿曰く、【少しでも魔導師について知っていた方が良いと思いまして】とのことだが、絶対に嘘だ。どう考えても、恐怖を事前に植え付けたに過ぎん』

『自国の恥になるようなことも含まれる以上、全員が一応は暈して話したらしいんだが……その結果、ミヅキの所業がより浮き彫りになったようだ。お前、めでたく恐怖の対象に昇格したぞ』

『そして、それを誰も否定しない。エルシュオンが居ればフォローしたのかもしれないが、使者殿に付いていたのは【あの】クラレンス殿だ。この人選で煽るだけだと判るだろう』

『話し合い前の時点で、使者殿の顔色はたいそう悪かった。俺も同席していたが、エルシュオンに全面的に場を譲っていたから、最後くらいしか参加していない』

『俺、傍観者。当事者にして被害者だけど、とっても傍観者。ハーヴィスの使者殿さえも、最後に口を出すまで俺の存在をろくに気にしなかったほどに空気。でも、エルシュオンが言いたい放題の親猫根性全開だったから、超楽しい♪』

『お前が何も言わずに家出したことが衝撃的だったのか、エルシュオンは始終イラついていた。勿論、魔力による威圧は全く抑えきれていない。と言うか、最初から抑える気がなかった模様』

『エルシュオン、激おこ。俺、楽しく傍観。使者殿、エルシュオンの威圧と機嫌の悪さと、言い訳できないハーヴィスの状況に顔面蒼白。グレン殿とセリアン殿、達観した表情でエルシュオン達を眺め、諌める気配なし』

『なお、エルシュオンの【うちの子、家出しちゃっただろ！】が本日の迷（※誤字ではない）台詞。当たり前のように吐かれた言葉に、使者殿は当然、困惑。その他の人々は生温かい目で、エルシュオンの奇行を放置』

『と言うか、エルシュオンが一番怒っていたのは、お前が家出したことだった。はっきり言って、使者殿は八つ当たりされただけにしか見えん。しかも、それを自国に報告しなければならないという、周囲の困惑必至の罰ゲーム付き』

『可哀想だなー、気の毒だなー、哀れだなー！　とは思ったけれど、それ以上に面白かった。ハーヴィス、ざまぁ！　盛大に混乱しやがれ！』

『あ、最後に俺がとどめを刺しておいた』

『奴らはゼブレストを嘗めているみたいだが、俺はこれでも一国の王だ。きっちり、抗議はしないとな……！　お前のことも【エルシュオンにしか懐かない、凶暴な黒猫がハーヴィスを狙っているんだよ】と紹介した上で、【俺もミヅキを止めない】と宣言しておいた』

『正式な話し合いの場における、一国の王としての言葉だからな。エルシュオンは元から頭に血が上っていたし、俺はそれを判った上で逃げ道を塞いでおいた。つまり、もはや魔導師を止められる奴が存在しない！』

『さすがに精神的に辛かったのか、使者殿はそのまま気絶しちゃったんだけどさ？　いつ、ハーヴィスはその事実に気付くんだろうな？』


以上、ルドルフの手紙から抜粋。『傍観者でいた』と書いている割に、ルドルフは話し合いをとても楽しく聞いていた模様。しかも、とどめを刺している。

これを読んでも判るように、ルドルフは煽ることこそしているが、止める気配は全くない。情報を与える振りをして、更に追い込んでいるだけである。


いつになく楽しそうで何よりだ、親友よ。

その場に居られなかったことが、ちょっとだけ残念ですよ……！

「ああ、確かに」

「ルドルフ様、すっげぇ楽しそうだな」

「ずっと、お留守番でしたから。立場的には仕方がないと判っていらっしゃいましたが、ルドルフ様とて、ミヅキと一緒に遊びたかったんですよ」

納得の表情のジークに、微妙な表情のアベル、『主が楽しそうで、何よりです。それが最重要ですよね』と言わんばかりのセイル。

誰もハーヴィスの使者のことなんざ、気にしてません。精々（せいぜい）が『魔王様、はっちゃけてるな』とか、『ルドルフ、超楽しそう。良かったね！』程度の感想オンリー。

……生贄紛（まが）いのハーヴィス使者への気遣い？　ねぇな、そんなもの。

「ま、これでこちらも計画通りに動けるわ。明日あたり、早速、行こっか？」

さあ、ハーヴィスに恐怖伝説を築きましょう？

第三話　狙うものは

――ハーヴィス某所にて
「ふふ……っ、他愛（たわい）もない」
クスクスと笑う私、楽しげな笑みを浮かべているセイルとジーク、そして達観した表情のアベル。

私達の目の前には、ボロボロになった人々が。そして、その背後には……破壊された痕跡ありまくりの砦だったもの。

「貴様ら……こんなことをして許されると……っ」

「思ってないし、隠す気もない。先手を打ったのはそっちだって、言ったでしょ？」

お馬鹿さんねっ！ と言いながら、私は睨み付ける男を蹴り飛ばす。無傷ならば避けられるだろうが、今の彼にそれは無理というもの。彼は……いや、彼とその同僚達は揃って満身創痍とも言える状態なのだから。

体力的にも、精神的にも、色々と厳しいのだろう。私達にあっさりと敗北したこともまた、彼らの戦意を削いでいるのかもしれない。プライドだって粉々だ。

なお、現状に至った経緯は次の通り。

●私、『国境沿いにあるハーヴィスの砦を襲撃したぁいっ！』と提案。同行者達、快く承諾。

↓

●サクッと、私単独で砦侵入。サービス精神を出し、幻影による『ホラー的幻影』をばら撒きながら、自分も死神スタイルを纏って便乗。

今回、大鎌は幻影（つまり、実際には持っていない。見た目も単にローブを纏って、私の体が見える部分を骨にしているだけである）なので、物理攻撃その他は避ける。

↓

●砦の住人、大パニック！　悲鳴を上げて逃げ惑う人々、多数。仕掛け人の私、大・爆・笑☆

←

●怪異（幻影）から逃れ、砦から出た人々は、ガイコツ剣士スタイルのセイル＆ジークと戦闘。己を奮い立たせて戦うも、大半がここで脱落。

←

●内部に人が居なくなったことを確認し、私自身も砦の外に出てから、砦に雷が落ちたかのように見せかけ、破壊。

←

●疲れ果て、座り込んでいた砦の住人達、その光景に顔面蒼白。

←

●すべてが終わった後、『ドッキリでした！』と言わんばかりに、魔道具を外して各自の幻影を解除。

←

●砦の住人達、様々な意味で茫然自失。（今ここ）

以上、ちょっとした『ご挨拶』の流れであ～る。

キヴェラの時ほど凝っていないのは、これがあくまでも『ご挨拶』であることと、もう一ヶ所、ここと同じことをやる予定があるからだ。

シュアンゼ殿下から提供されたハーヴィス周辺の地図に、砦が二ヶ所あったのよねぇ……。

一つは、ガニアとかサロヴァーラといった国を警戒するためのもの。

もう一つは『シェイム』と呼ばれる混血達を抱えるイディオや、細々と暮らしているはずの『ディクライン』を警戒してのもの。

いくら鎖国に近い状態だったとしても、警戒が必要な国が隣接している以上、守りに重きを置く必要があったのだろう。小規模とはいえ、それなりに強さに自信がある者達を揃えているっぽい。


――まあ、その『守り』は今回、私達にあっさりと崩されたわけですが。


ざまぁねぇな！　小さなことだが、私は非常に気分がいい！

国を守っていると自負し、自国の守りは強固だと信じていた奴ら――それが事実かどうかはともかく、攻め落とされたことはなかった模様――のプライド、木っ端微塵ですよ！

ハーヴィスという『国』をコケにするなら、まずは小さな一歩から。こいつらの悔しそうな顔と砦陥落の事実だけでも、今日は美味い酒が飲めそうです……！

そんな私の気持ちも知らずに、砦の住人達は私達を睨み付けている。彼らからすれば、自分達は『国の守りを預かる者』。対して、私達は『襲撃者』。……まあ、当然の反応だ。

「貴様ら、何が目的だ!?」

「え？　別に。『現時点では』貴方達に特別望むものはない」

「なっ⁉」

「それ以前に、ハーヴィスに期待していないとも言う」

素直に言い切れば、彼らは揃って絶句した。いやいや、マジで君達に求めるものはないってば。

……『今』はね。これ、ただの『ご挨拶』。私、愉快犯。

そもそも、ハーヴィスがまともに対応していれば、私はここに来る必要がなかった。要は『ハーヴィスは魔導師の怒りを買ってますよ』的な警告ですぞ。優しさの表れです。

「で……では、何故(なぜ)、このような真似を……？」

「ハーヴィスが気に入らなかったから」

「そ……そんな理由で……⁉」

「あと、勘違いを正してあげようと思って。ハーヴィスが攻め込まれなかったのは、『攻め入る価値がなかったから』だよ。貴方達が強かったわけじゃない」

教えられたわけではないけれど、これで合っていると思う。それもまた、鎖国状態に拍車をかけた原因だろう。

「ハーヴィスは他者、そして新しいものを拒む傾向が強い。そんな国を支配したって、反発は必至。自給自足が可能といっても、目立った産業などはない。こんな国をわざわざ改革するなんて、割に合わないわ」

ゼブレストのように支配する旨(うま)みがあるならば、違った未来もあっただろう。あそこは鉱山なんかがあるし、酪農系に強いという実績もある。

だが、ハーヴィスにはそれがない。『長年、鎖国状態を維持できた』と言えば聞こえはいいだろうけど、実際は『他国からシカトされていただけ』じゃないかと思う。

　どストレートに考察をぶちまけると、これまで国を守ってきたという自負ゆえか、男達が怒りを露(あらわ)にしだした。

「貴っ様ぁ……何様のつもりだ！」

「我らの守りし国を愚弄(ぐろう)するか！」

「事実じゃん」

「何をっ……」

「違うなら、言い返してごらんって。聞いてあげるからさ？　あ、勿論、証拠付きでね！」

　ほらほら～と煽れば、男たちは悔しそうな顔になり。けれど、反論する術を持たないのか、それ以上の声を上げる者はいなかった。

　まあ、私も意地が悪い言い方をした自覚はある。正直なところ、こういった質問に答えられるのは、国の政に携(たずさ)わっている者だけだ。『証拠を出せ』と言われたところで、思いつくはずもない。

　……が、そこを煽るのが私でして。

「やっぱり、ないじゃん！　思い込みだけの反論、恥っずかしぃ～！」

　指 を 指 し て 笑 っ て み た 。

「貴様ぁ！」

「はいはい、それももう聞き飽きた。そうそう、貴方達がこんな目に遭う理由はね？　『イルフェナのエルシュオン殿下が、ハーヴィス関係者に襲撃されたから』だよ」

『は？』

……。

あまりにも予想外だったのか、男達の声が綺麗にハモる。その顔に浮かぶのは『困惑』だ。

そだな、それが当然の反応だろう。襲撃理由を聞くと、更に驚きだ。私達だって吃驚（びっくり）だったもの。

なお、元凶を『ハーヴィス関係者』としたのは、アグノスのみに責任があるとは思えないから。どう考えても、裏があるだろ。王妃の書から見ても、かなり怪しいし。

「よし！　それでは今から『誰でも判る！　ハーヴィスが見限られるまで』を説明してあげよう」

「いや、ちょっと待て？　何だよ、その『ハーヴィスが見限られるまで』ってのは」

「え？　現状、こんな感じだよ？」

「……え？」

「『……え？』とか言ってる場合じゃないって。マジで、各国から見限られかけてる」

『鎖国』と『見限られること』では、意味が大きく異なる。『鎖国』が他者を頼らぬゆえの孤立ならば、『見限られること』は『各国から対等に扱われなくなる』ということに他ならない。

つまり、『価値がない』と呆れられるということですね！　交渉のテーブルに着くなんてことも、できなくなるだろう。話し合いをする意味がないもん。

「それでは、お聞きください。まず、事の初めは……」

そして、私は話し出した。『血の淀み』を持つ第三王女アグノスの暴走、その周囲の者達のこと、そして……ハーヴィス側の対応を。

話が進むごとに、男達の顔色がガンガン悪くなっていく。自国の王女の暴挙だけでなく、それがどういった影響を与えるかを丁寧に説明しているので、嫌でも現状が理解できてしまったのだろう。危機感を通り越して、その顔には絶望が浮かぶ。

「そんなわけでね、私はハーヴィスという『国』が嫌い。これが砦の襲撃理由だよ」

「……」

そう言って締め括るも、さすがに反論や鋭い視線は向けられなかった。これまでは気力で何とか持ちこたえてきたけれど、私の解説によって、それも削がれてしまったのか。

そもそも、彼らは元から満身創痍だった。怪我は私の治癒魔法で治しているけど、私の施す治癒は『細胞を活性化させて再生する』というものなので、体力を削るのだ。

セイルとジークによって武器を破壊されたこと——つまり、圧倒的な力の差があった——も気力を削がれた一因だろうが、襲撃理由として聞かされたのは自国の不祥事。

疲れ果て、武器を奪われ、今度こそ抗う気も潰えてしまったのだろう。しかも、その原因は自国にあるのだから、反論だってできやしない。

「だから言ったでしょ？　今回は『ご挨拶』だって。『世界の災厄』と呼ばれる魔導師を怒らせて、この程度で済むと思ってる？」

軽く首を傾げて問うも、男達からの反論はない。強気な発言をする根拠がない上、下手なことを言えば、より酷い状況になると察したか。

私は軽く溜息を吐くと、肩を竦めて、村がある方を指差した。

「行きなさい。行って、人々に伝えなさい。『ハーヴィスは魔導師を怒らせた』ってね！」

「……いいのか？」

「私はエルシュオン殿下の言うことなら、基本的に従うの。イルフェナがハーヴィスと事を交える決定を下さない限り、『ご挨拶』に留めるわよ」

「……」

視線を交わし合うと、男達は陽が落ちて暗くなりかけた中、森へと消えていく。無言で彼らを見送る私を、セイル達は面白そうに眺めていた。

「宜しいのですか？　逃がしてしまって」

「あら、私は『今回はご挨拶に留める』って、言っていたはずだけど？　だから、『今は』これでいいのよ。それに、私は超できる子だもの」

「……」

にこやか～と言わんばかりの笑顔で交わされる、私とセイルの会話。だが、そこに口を挟んだのはジークだった。

「つまり、彼らを逃がしたこともまた、ミヅキの計画のうちということか」

「ふふ……正解」

勿論、私は優しさから彼らを逃がしたわけではない。彼らはある意味、『魔導師の駒』なのだ。

「私の治癒魔法によって、彼らは体力を失っている。そして、呰をあっさり潰された『事実』によって、気力も削がれているでしょう。襲撃理由も、先ほどまでの解説で理解できた」

さて、と一つ手を打ち鳴らす。

「ここから一番近い村でも、森を抜けなきゃならない。夜の森って、『血の匂いをさせ、武器を持たず、体力も削られている状態で抜けられる』かな？」

「厳しいでしょうねぇ、それは」

「俺でもキツイだろうな。まず、一晩はどこかで体を休めるべきだ」

セイルは楽しげに、ジークは真面目に答えを返す。そしてアベルは私の言わんとすることを察したのか、苦々しい表情だ。

「休みたくとも、休めない。ミヅキの説明を受け、彼らは少しでも早くこのことを伝えようとするだろう。自分達が国を守ってきたという自負があるからこそ、無茶でもやるだろうさ」

「アベルの言う通り！　だけど、どう考えても無謀なのよ。あんたみたいな特殊能力でもない限り、かなり酷い状態で村に着くことになるでしょうね。そもそも、どれだけ生き残れるか」

はっきり言って、無理ゲーだ。夜の森、それも魔物さえいる世界なのだから、難易度は極めて高い。自殺行為と言われても、否定できない無謀さです。

「ですが、ミヅキは彼らを癒(いや)しています。その事実がある限り、一方的に批難されることにはならないでしょう。彼らには『体を休める』という選択もあったのです。それに、ミヅキは『彼らを逃がしている』。どう考えても、焦った彼らに非があるかと」

「自分の手を汚さなかった、とも言えるけどね」

「だが、彼らはハーヴィスの兵士だ。どのような状況であろうとも、的確な判断ができなければならないさ。彼らは素人ではないのだから」

セイルに続き、ジークも『選択を誤った彼らの自業自得』という発想らしい。ジークは普段、魔物の討伐といった仕事を任されることも多いみたいだから、余計にそう思うのかも。

……確かに、ジークは初めて会った時の大蜘蛛討伐において、あらゆる決断が早かった。あれはジークが物事を深く考えない性格と言うより、的確な判断ができていただけだったのか。

「で？　そこまでする意味は？」

二人の言葉を受け、アベルが答えを迫る。三人の視線を受け、私はうっそりと微笑んだ。

「ボロボロの状態の兵からもたらされる、魔導師襲撃の事実。そして、自国の起こした不祥事。話を聞いた人達はきっと、とっても怖がるでしょうね！　なにせ、彼らが何故そうなったかはともかく、『情報をもたらした者は死にかけている』んだもの」

「まあ、そうだろうな。彼らが死にかけている理由が魔法によるものじゃなくとも、もたらされた情報がある以上、普通は魔導師の方を警戒するだろうさ」

夜の森は恐ろしくとも、襲撃理由を聞いた後では魔導師の恐怖の方が勝る。そもそも、そんな状態で森を抜けろと言ったのは魔導師なので、ある意味、殺そうとしたとも受け取れてしまう。

ただし、こちら側からすれば、『怪我を治し、見逃した』となるので、ハーヴィス側から突かれてもそこまで怖くはない。セイル達の言葉にもあるように、『判断を誤った彼らの自業自得』と言われれば、それまでなのだ。

「戦う力のない民は『自分達もこうなるんじゃないか』って、不安に思うでしょうね。だって、噂ではなく、目の前に経験者がいるんだもの。そして、その不安は国へと向く」

噂よりも、事実の方が強い。『単なる噂として流れてきた情報』よりも、『死にかけた当事者がもたらした事実』の方がより、現実味がある。

そして。

自分達に災難が降りかかる可能性がある以上、人々は他人事にはできないのだ。当然、その対処を求められるのは『国』。

「貴族や王族を狙ったとしても、都合の悪いことは隠蔽(いんぺい)されてお終(しま)いでしょ。だったら、私は数の暴力を使うわ。民の方から国へと批難が向くように仕向け、『国が対応せざるを得ない状況に追い込む』。人の口に戸は立てられないもの、多くの人々が不安を口にすれば、国は無視できない」

「なるほど。そのための布石が先ほどの『私はエルシュオン殿下の言うことなら、基本的に従う』という言葉なのですか。エルシュオン殿下に『魔導師を止めてほしい』と望むならば、第二王子よりも上位に当たる国王が話し合いの場に出て来なければならないと」

「その通り！　それにさ……正式にイルフェナと話し合わないと、民は納得しないんじゃない？　魔導師がハーヴィスを狙っているんだもの、イルフェナの飼い主からストップがかからない限り、安心できないかもね？　私は公の場にハーヴィス王を引き摺(ず)り出してみせるわよ」

「お見事！」

機嫌よく拍手するセイルの言葉を受け、私は笑みを深める。端から見れば、私は立派に悪役だろう。私だって、自分の行ないが正しいとは思わない。ただ、『必要事項』だっただけ。

――『魔導師は世界の災厄』だもの。こんな手を使っても、おかしくはないでしょう？

第四話　全てを知る親友は笑う

――イルフェナ王城・ルドルフが滞在する部屋にて（ルドルフ視点）

ミヅキから手紙が届く度、俺は嬉々として現状を伝えてやった。元からミヅキに頼まれていたこともあるが、俺はこの遣り取りが楽しくて仕方ない。

作業は地味だが、これは俺が適任だった。理由は勿論、俺が一番エルシュオンにバレにくいから。気分はすっかり、悪戯で兄を出し抜く弟だったりする。

エルシュオンが慌てる様に、俺は内心、大笑い！　これまで傍観者――所謂、お留守番だった俺が、今回ばかりは当事者なのだ。喜ばずにいられようか……！

「まあ、決して褒められたことじゃないんだけどさ」

思わず、口を出た言葉とて本心だ。それが判っているからこそ、俺はこれまでミヅキに協力を求められた場合に限り、協力者となってきたのだから。

これでも一国の王なのだ。個人の感情のみで動いて良いはずはない。

だが、今回ばかりは特別だった。狙いがエルシュオンとはいえ、俺も巻き込まれているのだから。

――この一件において『当事者』だからこそ、俺は思う存分、行動できる。


当然、イルフェナの顔を立てる必要はあるだろう。だが、ゼブレストという国が嘗められないようにするため、上手く立ち回ることも必要。

そのために選んだのが、『魔導師ミヅキの共犯者』という立場。

親猫を危険な目に遭わされたあいつが、黙って見ているはずはない。勿論、個人的なことを言ってしまえば、俺もミヅキの同類だ。あまりにも勝手な襲撃理由に、憤(いきどお)ってもいる。

……が、立場や身分という柵(しがらみ)がある以上、俺はミヅキほど自由に行動できない。迷惑が掛かるのは、滞在させてもらっているイルフェナなのだ。立場を忘れた行動は控えるべきだろう。

ただ、俺にはミヅキにはどうしようもないもの――権力やイルフェナからの後方支援といったものは可能だった。


互いの利点を察した俺達は即、手を組んだ。さすが、親友。相変わらず頭の回転が速い。

セイル曰く、『面会した際、手を固く握り合った時点でこうなると察してました』とのこと。

セイルも自分で動きたいと願っていた一人。俺とミヅキの思考にもある程度の理解があるため、止めるという選択肢はなかったのだろう。こういった点が、自国で宰相を務めているアーヴィとの大きな差だ。セイルの方が穏やかに見られがちだが、実際には逆なのだから。

セイルはどちらかと言えばミヅキ並みの行動派（好意的に表現）なので、ハーヴィスのお粗末な対応にイラついていたと思われる。

そこに俺の参戦表明がくれば……まあ、実行犯に志願するだろう。建前的には『守護役として、ミヅキに付いて行った』となるのだろうが、現実は『魔導師と共に報復に行った』が正しい。

今回ばかりは、俺も、アーヴィも、セイルを諌める言葉を持たない。イルフェナの騎士達のことばかりに注意がいきがちだが、騎士としての矜持を圧し折られたのはセイルも同じ。

しかも、本来ならば『守りを固めろ』と命じるはずの俺が報復推奨。

エルシュオンからの説教待ったなしの状況だが、俺は後悔していない。

「ミヅキ『達』はハーヴィスに恐怖伝説を作り上げるだろうな。……それがあるからこそ、イルフェナやゼブレストは『話し合い』という枠に事を収めることができる」

自国の王子と隣国の王が訳の判らない理由で襲撃され、主犯を抱える国からの対応はおざなり。

こんな状況で、無傷で済ませられるはずはないじゃないか。

最低限、何らかの報復措置が取られる。最悪の場合、武力行使とてあり得るだろう。何せ、宣戦布告にも等しいことをやらかしたのは、ハーヴィスの方なのだから。

……が、そういったことを一番の被害者であるエルシュオンは望まない。

エルシュオンが善良とか、優しい性格をしているといった方向ではない。

『ハーヴィスにかける時間や費用が惜しい』という理由からだ。

エルシュオンとて王族としての教育を受けているため、こういった点は中々にシビアなのだ。ハーヴィスという国から毟り取れるものがない以上、無駄なことはしたくないのである。

速攻で利害方面に目がいくところは、エルシュオンとミヅキはよく似ている。あの猫親子、揃って『馬鹿に期待しない』『時間と金の無駄、反対』という思考に至るのだ。

利を追求するからこそ、被害やかける費用、時間といったものは自国含めて最小限。エルシュオンが商人達の庇護者となれるのも納得だろう……彼の思考回路は、損得で物事を考える商人達に非常に近いのだから。全く同じにならないのは、立場による優先順位の違いがあるせいだ。

ミヅキとエルシュオンは互いに似た思考を持っていることを理解しているので、話が合いやすいのだろう。行動こそしないだけで、エルシュオンの思考回路も割とミヅキ寄りなのである。

ただ、決定的に違うのは、ミヅキとエルシュオンの立場だった。その違いこそ、今回のミヅキの行動に大きく表れている。

「今回はあくまでも『魔導師の個人的な報復』。だが、ハーヴィスは大慌てするだろうな。対して、イルフェナやゼブレストは溜飲を下げるだろう。ミヅキを抑えてもらうため、ハーヴィスはエルシュオンに願わなければならない」

だが、相手は第二王子。しかも、圧倒的にハーヴィスが不利な状況にある。だからこそ――

「次の話し合いとやらには、ハーヴィス王自身が必ず出て来る。そうしなければ、イルフェナから話し合いの場を持つことさえも拒否されるだろうことは察しているだろう。何を言われても、ハーヴィス王はエルシュオンにミヅキを抑えてもらわなければならない。何せ、先に送った使者の話から、『魔導師は一国を相手にしても、決して退かぬほど凶暴』『魔導師はエルシュオンの言うことなら聞く』といった情報を得ているからな」

……ミヅキの共犯者は俺だけではない。二人を案じて、イルフェナに集ってくれた者とて同じ。彼らは其々、身分や立場がある者ばかり。それを明かして話した彼らが、下手な嘘を吐く可能性は低いと普通は考えるだろう。

まあ、話した内容を疑われても全て事実なので、問題はないのだけど。

エルシュオンは色々なことがあって多少、冷静さを欠いているようだ。だからこそ……『ほぼ全ての者達が共犯者』という可能性にまで、思い至っていない。

正確には、『ミヅキが誰かと組んでいる』という事実が、組んだ人数分だけ発生している状態だ。一纏めにするのではなく、共犯者が複数いて、其々が役割を持っているのである。

個別に仲が良いことは事実なので、警戒くらいはするだろう。だが、俺が共犯であることを明かしている以上、俺と接点を持たない彼らまで役割を持っているとは思うまい。と言うか、俺以外はミヅキの計画全てを知っているわけではないので、エルシュオンに問い詰められても、自分の担当分しか答えようがないのだ。

「俺はミヅキへの情報提供とセイルの同行、そして身分による守りを。他の面子は魔導師の恐怖を煽り、ハーヴィスへと魔導師の情報を提供する。そこにミヅキ達が攻撃を仕掛け、噂に聞く『魔導師の脅威』をハーヴィスにとって身近なものにする」

その結果、まんまとハーヴィス王はイルフェナへとやって来る羽目になるだろう。俺の親友は何とも賢く、それ以上に容赦がない。引き籠もっているままなんて、許すはずないじゃないか。

そのためにハーヴィスを守る者達の矜持を圧し折ろうとも、死傷者が出ることになろうとも、思い描いた通りに実行する。そんな残酷さを持つからこそ、あいつは魔導師と認められ、俺のような立場の者と対等に言葉を交わすことを許された。

と、言うか。

砦への襲撃には、イルフェナにおいて襲撃を許してしまった騎士達の報復も兼ねているに違いない。ハーヴィスが気付くかはともかく、『守り切れず、使命を果たせなかった』という悔しさや状況は、イルフェナの騎士達に通じるものがあるのだから。

――そもそも、ハーヴィスはミヅキを勘違いしているのだ。

「ミヅキは正義を尊ぶ性格ではないし、悪になることも、泥を被ることも厭わない。必要ならば、犠牲だって出す。全ては望んだ結果と親猫の期待に報いるため……『エルシュオンの庇護を受ける者』ではなく、『エルシュオンだけに懐く野良猫』みたいな捉え方をすべきなのさ」

騎士でも、魔術師でも、腹心たる貴族でもない。これまで見てきたどんな立場の者も参考になりはしない。野良猫の自分勝手な恩返しこそ、ミヅキの行動理由にとても近いのだ。

立場や身分による柵もなく、『親猫の望みを叶えること』限定で、己が利さえ考えない行動に出る。それが『魔王殿下の黒猫』たる所以(ゆえん)。

三食保護者付きの快適生活を与えられ、甘やかされていることを自覚しているからこそ、保護者の望む結果になるように動く。それが黒猫なりの恩返しであり、譲れぬものだ。

『本来、居ないはずの異世界人』がその役目を請け負うからこそ、『この世界の者は傷を負うことなく、結果を受け取ることができる』。

その幸運を手にできるのは、『【親身になって異世界人の面倒をみる】という、本来ならば背負わなくてもいい苦労を背負った、この世界の庇護者が居たから』。

そこに気付けば、ミヅキが善意で行動する『断罪の魔導師』などではないと判る。

ミヅキは本当～に恩返しをしているだけであり、彼女の恩恵にあやかりたいならば、先にこの世界の住人達が何らかの行動をすべきなのだ。世の中は持ちつ持たれつであり、無条件の奉仕精神など、ミヅキには存在しない。

寧ろ、利用しようとしたり、善意に縋ろうとしたりする方が傲慢(ごうまん)であろう。ミヅキの魔法の腕や経験は本人の努力と、周囲の者達の教育によって得た財産だ。安売りするわけがない。

「砦は二つとも落としたらしいし、ちょっとした仕掛けもしたから、まずハーヴィス王は出てくると見て間違いない。次の手紙は、話し合いが決まってからだな」

遠い場所にいる親友達に想いを馳せる。嬉々として『ご挨拶』をしているだろう彼らの楽しげな顔を思い浮かべ、俺も共犯者らしい笑みを浮かべた。

※※※※※※※※

——一方その頃、某所では。

「来ちゃった♡」

「あら、いらっしゃい。待っていたわ」

黒猫と呼ばれる魔導師と、女狐と呼ばれる王女が、笑顔で言葉を交わしていた。

第五話　サロヴァーラへ寄り道を　其の一

——サロヴァーラ・王城の一室にて
「うふふ。きっと来てくれると思っていたわ」

侍女の淹れてくれたお茶の香りを楽しみながらも、ティルシアは上機嫌。そんな彼女の様子を、サロヴァーラ王が複雑そうな表情になりながら眺めている。

……。

おい、ハーヴィス？　何故かは知らんが、女狐様がお怒りのようですよ？

いや、『過去にこんなことがあったんだよ！』程度の事情は聞いたけど。それが、シスコン姉上大激怒の案件だったとは聞いていたけどね？

正直、ここまで私が期待されているとは思わなかった。シスコンの妹への愛を嘗めていた。

「いや、あのさ？　上機嫌になっているところを悪いんだけど……私はどっちかと言えば、アグノス個人への報復というより、ハーヴィスへの報復ってのに近いんだけど」

ティルシアが機嫌を損ねる……と言うか、期待に沿えないのは申し訳ないが、これぱかりは仕方がないので、正直に暴露。そう考える理由が、こちらにもあるのだから。

いや、だってさぁ……アグノスが魔王様への襲撃を企てたことは事実だし、主犯であることも事実だけど、『そうなった経緯』（裏事情含む）とかがありそうなんだもの。

ハーヴィスの王妃様からの手紙を読む限り、アグノスの現状には色々と大人達が関わっているらしい。そうなってくると……御伽噺を現実と混同している精神年齢幼女（予想）に、全ての罪を押し付けるのは間違っていると思う。

だって、ガチでアグノスが本人無自覚のまま、『誰かの手駒』ってこともありえるじゃん？

魔王様の性格上、そんな子に『自分の遣ったことの責任を取れ』とは言うまい。無罪放免は無理だろうけど、全部の責任を被せるのはいただけない。王妃様とて、アグノスにもある程度の責任を取らせること自体は納得しているし。

彼女が誰かに利用された挙句、今回の責任を追及されるならば、『アグノスがそうなった原因全て』に責任を取らせるべきだろうよ。トカゲの尻尾（しっぽ）切りじゃあるまいし、根本的な原因を取り除かないのはハーヴィスだけじゃなく、他国にとっても大きな不安要素じゃないか。

と、言うか。

そうしておかないと……似たような事件を起こされる可能性があるのよね。

次に狙われるとしたら、王弟夫妻の醜聞（しゅうぶん）に混乱しているガニアか、まだまだ問題山積みのサロヴァーラと予想。キヴェラには王子様の条件に合うルーカスが居るけれど、キヴェラ王の目が光っているから、まず無理だろう。北の大国ガニアにも、ちょっと手を出しにくい気がする。

そういった警告も含め、私は今回、サロヴァーラを選択。勿論、情報も欲しいけどさ。

「ふふ……国ごと沈めると言いたいのね？　良いわよ、私は貴女の味方だから」

優しく微笑み、『判っているわ』と言わんばかりの女狐様。その目は期待に満ちており、『必ず獲物を殺（や）れよ？　殺るよな？』と言っている。

「いや、そこまで言ってないってば。勝手に被害を拡大させないでくれる⁉」

「何を言っているのよ、ミヅキ！　貴女は『できる子』でしょう⁉　敬愛する親猫様の危機に、何を腑抜けたことを言っているのよ！」

バン！　とテーブルを叩き、鋭い視線を向けてくるティルシア。いや、お前は個人的な恨みを晴らしたいだけでしょうが！

私が意見を曲げないと悟り、女狐様は不満そう。だが、今回ばかりはこちらも譲れない。

迂闊に『報復対象はアグノスです』と決定しようものなら、私がアグノスを利用しようとした連中（予想）の手駒になってしまうじゃないか。

魔導師である以上、慎重に動かねばならんのです。敵の思惑、その裏の裏まで読むべし！

安易な思考や感情的な行動、絶対に駄目。魔導師は利用できると印象付けてしまう。

「心配しなくても、報復はするってば。ただ、アグノス個人という枠ではないだけ」

ヒートアップする女狐様を宥めつつ、暈した言い方をする。すると、ティルシアも何かを悟ったのか、訝しげになりながらも落ち着いてくれた。

「どういうことかしら？　何か事情でもあるの？」

「アグノスが『意図的に、今の状態にされた』可能性がある」

「……？　だから、それは乳母のせいでしょう？　勿論、周囲の者達や利用しようとした者が居たことも想像がつくわ。だけど、アグノス様が『血の淀み』を持つ以上、監視があったとみなすのが普通なのよ。それがこの世界における常識であり、王家の義務ですもの。監視を怠っていたなら、それはハーヴィス王家の怠慢でしてよ」

アグノスを擁護するかのような私の言葉に、ティルシアは困惑気味だ。ただ、私もティルシアのように思っている部分があることは事実なので、そこは否定しない。

……が。

単純に『ハーヴィスが悪い』と判断するには、ちょっとばかり『奇妙な点』があるんだよねぇ。

そう思って口を開きかけた時、控えめなノックが部屋に響いた。即座に、ティルシアの表情が穏やかなものになる。

……。

おい、女狐様。その変わり身の早さは一体、何さ⁉

「失礼致します。こちらにミヅキお姉様がいらしていると、知らせを頂いたのですが」

言いながら入ってきたのは、ティルシアの妹にしてサロヴァーラの第二王女リリアン。私が到着した時は勉強の時間だったため、一足先にティルシア達とお茶をしていたのだ。

「久しぶり、リリアン」

「お元気そうで何よりです！　ミヅキお姉様！」

ひらひらと片手を振って挨拶をすれば、嬉しそうな笑顔を浮かべて返すリリアン。……うん、元気そうだ。その笑顔は、私がサロヴァーラに居た頃よりもずっと明るい。

リリアンがいそいそとティルシアの横に座ると、すぐに彼女の前にもティーカップが差し出された。ティルシア付きの侍女さんは相変わらず、有能な模様。

「その……エルシュオン殿下がご無事で何よりです」

こちらを窺いながらも、それだけを口にするリリアン。余計な詮索をしてこないその気遣いに、彼女の成長を見て嬉しくなる。

「ありがと、リリアン。心配しなくても、大丈夫！　ちょっと怪我をしたけど、もう何ともないよ。魔王様とルドルフは元気だから」

「そうですか！　良かったです！」

あからさまに安堵するリリアンに、彼女の隣のティルシアは『うちの子、良い子でしょう⁉』と言わんばかりに、得意げな顔になった。

そんな様子を、サロヴァーラ王は微笑ましそうに眺めている。……実はこれ、二人が幼い頃はよく見られた光景らしい。前回、こっそり侍女さんに聞いたのだ。

父親的には、姉妹の関係が昔に戻ったようで嬉しいのだろう。ヴァイスがティルシアのシスコンに理解があったのも納得です。

でもね、ティルシアの態度って『今後はシスコン全開で行きますわ！』ってことだと思うの。

リリアンを苛めていた貴族どもよ、最期の時は近いぞ。遺言状の準備はできてるかい？

そんなことを考えつつ、微笑ましい家族の姿に生温かい目を向ける。サロヴァーラはもう大丈夫だろう。リリアンも順調に成長してるし、女狐様も遣る気になっているのだから。

さて、姉妹も揃ったことだし、本題に移ろうか。

今回の遠足、私は最初からサロヴァーラに寄るつもりだった。実のところ、この二人とサロヴァーラ王に聞きたいことがあったのよね。

「あのさ、ちょっと聞きたいことがあるんだけど。いいかな？」

声をかけると、三人は揃って私の方を向いてくれた。

「なあに、ミヅキ。ハーヴィスのことを聞きたいの？」

「ふむ……話してやりたいのは山々だが、生憎（あいにく）と、我が国もそこまでハーヴィスと親しくはなくてな。交流があったのも、娘達が幼い頃くらいなのだよ」

「えっと……私が本当に幼い頃のこと、程度で宜しいならば。頑張って思い出してみます」

軽く首を傾げるティルシア、思い出すように目を瞑（つぶ）るサロヴァーラ王、一生懸命思い出そうとしているのか、視線を彷徨（さまよ）わせるリリアン。

サロヴァーラ王の言うことが正しいならば、リリアンの様子も納得だ。アグノスに会ったのが本当に幼い頃のことである以上、記憶があやふやであっても仕方ないもの。

だが、問題はティルシアだった。そう、女狐様。あんた、反応がおかしくない⁉

……。

絶対、その後もハーヴィスを探っていたな、こいつ。

そうでなければ、多少はリリアンのような表情を見せるはずだ。ティルシアはいい加減なことは言わないだろうから、『リリアンを侮辱されたこと以外、覚えていない』とはっきり言うはず。

寧ろ、女狐様にとってはそれが『最重要』。

他の要素はオプションとばかりの扱いだろうから、ろくに覚えていなくても仕方ない。一般的にはどうかと思うが、女狐様的にはそれで正しいのだ。

だが、私が聞きたいのはその『幼い頃のこと』だった。

「リリアンが侮辱された時のこと、だよ。その時、幼いアグノスには会っているんだよね？……彼女さ、どんな感じだった？　多分、その頃は乳母による『御伽噺と混同させる』っていう教育を受けていなかったと思うんだけど」

ティルシアの目がギラっと光った気がした。

ステイ！　ステイだぞ、ティルシア！　少しは落ち着け。私とて、リリアンに辛い記憶を思い出させたいわけじゃないんだから！

ただ、こればかりはどうしようもない。なにせ、『御伽噺のお姫様』ではないアグノスを知っている可能性があるの、この国の人しかいないんだもん！

「ふむ、そういうことか」

「ええ。正直なところ、『アグノス』という個人の姿が、全然見えてこないんですよ。だから、『自分を御伽噺のお姫様だと本気で思っている』のか、『そう在ろうとしている』のかも判りません」

似ているようだが、全然違う。前者は言い難いが、『アグノスの精神に問題があり、話が全く通じない可能性がある』こと。

その場合、思い込みによる自己暗示を成功させてしまっているから、こちらが何を言っても通じず、問答無用に処罰……という可能性もある。哀れまれて、温情を掛けられる場合もあるけどね。

対して、後者は『現実を理解しつつも、望まれた姿を演じている』ということ。こちらならば話が通じる上、会話の誘導次第で、アグノスに関与してきた人物も割り出せるだろう。

個人的には、後者であって欲しい。頭が良過ぎて脅威になる可能性もあるけど、今回の一件は無難な形に終わるもの。

当たり前だが、ハーヴィスのことは考えていない。あの国がどうなろうとも知ったことじゃないので、こちらに迷惑が掛からない限り、内部で何が起きてもシカトです。

「では、まずは私からお話ししますね。その、当時の記憶が曖昧と言いますか、どうしても印象に残っていることのみになってしまうことをお許しください。きっと、お姉様の方が正確に覚えていらっしゃるでしょうから、私の話は参考程度にお聞きください」

そう言って、リリアンは話し始めた。

第六話　サロヴァーラへ寄り道を　其の二

――サロヴァーラ・王城の一室にて（リリアン視点）

「それでは、お話ししますね。随分と幼かった頃のことですから、曖昧なところがあってもご容赦くださいませ」

「それは、大丈夫。無理を言っているのはこちらだから、気にしなくていいよ」

そう言って、ミヅキお姉様はひらひらと手を振りました。元より、そこまで正確な情報を求めていないのでしょう。確認作業のようなもの……でしょうか。

ミヅキお姉様の様子に安堵すると共に、私は不思議と落ち着いています。きっと、お姉様が心配するような……悲しみや悔しさは感じないと、漠然と思うほどに。

あの時、私は本当に辛かった。

悔しくて、悲しくて、そればかりを覚えてしまっていた。

けれど、サロヴァーラが変わり、私自身も多くのことを学ぶようになると……あの時のアグノス様の言葉や態度は、それほど間違ってはいないような気がするのです。

勿論、『他国の王族に対して』という意味では、十分に問題だと思います。

……ええ、それは今だからこそ、余計にはっきりと判るのです。ですが、これまで私に向けられてきた悪意や、それらを口にしてきた人達と比べると、あまりにも違うと思えてしまいます。

「幼いと言っても、王族はそれなりに教育を施されます。ですから、アグノス様が『あの当時の年齢にしては優秀』と言われていたのも、決して間違いではないと思うのです」

「それはどうして？」

ミヅキお姉様の問いかけに、私は暫し、考えを纏めるように沈黙し。

「アグノス様が仰ったことはほぼ、事実だったからですわ。勿論、全てではありません。ですが、『私とお姉様が似ていない』という言葉は、見た目しか判断する材料のない状況では、仕方がないのではないでしょうか」

「そ……そんなことはないわよ、リリアン！」

「ありがとうございます、お姉様。ですが、私達は共に母親似と言われていたでしょう？　お母様達のお姿、そして私達の日頃の様子を知らなければ、容姿程度しか判断するものがありません。まして、私はお姉様よりも幼いのですから、『同じもの』という解釈だった場合、『似ていない』ということになるのではないでしょうか」

「ああ……そういうこと」

私の言葉に、ミヅキお姉様は納得したように頷きました。そして、どういうことだと言わんばかりのお姉様やお父様に対し、ご自分の考えを語ってくださいました。

「多分ね、アグノスは『血縁者として似ている』っていう解釈をしなかったんじゃないかな。『容姿や能力共にそっくりな存在』という意味だったら、其々の母親似の二人は『あまり似ていない』と判断するかもしれないし、能力だって、年上のティルシアの方が優秀ってことになる」

「「は？」」

合ってる？　と私の方を見て首を傾げるミヅキお姉様に、私は頷くことで同意します。さすが、ミヅキお姉様。拙い私の説明でも、きちんと意味を汲み取ってくださいました。

「だからね、ティルシア達とアグノスでは、解釈の仕方が違うの。ティルシアが激怒したのは『リリアンと似ていない』と言われたから。容姿だけじゃなく、能力という意味でもね。だけど、アグノスにとっての『似ている』っていうことは、双子レベルで似ているか、同じものっていう意味なんだよ」

「そんな、まさか……。普通は、そんな解釈をしないでしょう？」

「アグノスは『普通じゃない』じゃん。最初に『似ている』という意味を、『そっくりなもの』という解釈で学んでいたら、双子でもない限り『似ていない』ってことになるんじゃない？」

「た……確かに、そういう意味で捉えていたとするならば、アグノス殿としては嘘を言っていないことになるな」

お姉様やお父様は少々、困惑していらっしゃるようです。ですが、ミヅキお姉様より『アグノス様は普通ではない』と言われると、即座に『血の淀み』のことを思い出したようでした。

『血の淀み』を持つ方は、曖昧な表現や複数の解釈が判らない場合があると聞いたことがあります。

この場合、アグノス様は『似ている』という言葉の意味を、『そっくりなこと』として覚えてしまっているということでしょう。

通常、姉妹を『似ている』と表現するならば、目元や口元、雰囲気……といった感じに、部分的なものを指す場合が大半です。勿論、よく似た容姿を持っている方達もいらっしゃいますが、双子でもなければ『同じ』と言えるほどに似ていることは稀です。

血縁者を『似ている』と称するのは非常に曖昧なものであり、その言葉を口にした本人の解釈が多大に影響しているのです。人によっては当然、差が出る場合もあるでしょう。

もしも、アグノス様がそういった柔軟な思考を持たず、『似ている』を『そっくりなこと』として捉えていたならば。

私は明らかに、お姉様とは似ておりません。年齢的なものもありますが、私達姉妹は互いに母親似。そもそも、双子ではないのですから。

「あの時、私が拙い反論しかできず、泣くばかりだったことも、アグノス様の判断に拍車をかけてしまったと思うのです」

「ああ、ティルシアはリリアンを泣かされて『怒った』だろうしね。間違っても、泣いたりはしなかったでしょ？」

「はい。王女としては、お姉様が正しいのだと思います。ですが、私達姉妹のあまりにも違う反応こそ、アグノス様の判断を決定づけてしまったと思うのです」

「だから……アグノスは『どうして諫められるのか、理解できなかった』。それが謝罪しなかった理由だと、リリアンは考えるんだね？」

「……はい。私自身が多くを学び、変わったせいでしょうか……私達だけでなく、当時のアグノス様の事情も考慮しなければならないような気がしてしまって」

偽善、と言われればそれまでだと思います。ですが、一方的な解釈をするよりも、双方の言い分を踏まえて考えた方が、正解に近づけると思えてしまったのです。

これはサロヴァーラの一件の際、ミヅキお姉様が見せてくださった手腕の数々が多大に影響しておりました。

あの時、ミヅキお姉様から見た私やお姉様、そしてサロヴァーラという『国』は、間違いなく『イルフェナにとって害となるもの』だったはず。すでにお姉様が事を起こしていた以上、サロヴァーラへの疑惑は確かにあったのです。

ですが、ミヅキお姉様はそれを『国』という一纏めに考えませんでした。

目的や属する勢力、そして自己保身に走る者達といった具合に分類し、一つずつ対応していったのです。サロヴァーラという『国』ではなく、『サロヴァーラ内部で争う者達』という複数の勢力の中に、己が敵が居ると。

ご自分を攻撃したからといって、それが『サロヴァーラの敵』とは限らない。

願うものが国の正しい姿であっても、同じやり方をするとは限らない。

サロヴァーラが混乱したのは、単純な権力争いだけが原因ではありませんでした。お姉様を含め、国の未来を憂い、忠誠をもって行動していた者もいたのです。目指す未来が複数存在するならば、争うことも多くなる。

私に接していた者達とて、それは同じ。

ずっと私の味方だと言っていたはずの『あの子』は己が欲のため、私を裏切り続けていました。

逆に、私へと厳しい言葉を投げかけていた者が、最近の私の行動を見て以前の言動を謝罪し、『立派になられた』と笑みを浮かべてくれることもあります。

一人の目から見たものが、全てではない。誰もが隠された本心を持つ。

自分へと接する姿が、その人の本質とは限らない。表面的な姿に惑わされるのは悪手。

それを自らの経験から思い知った私だからこそ、あの時のアグノス様の言葉に思うことがあるのだと思います。『何故、アグノス様はそのような言葉を口にしたのか』、『どうして、そのような解釈をするに至ったのか』――そう考えるだけで、不思議と怒りや悲しみは消え失せていきました。

そして、思ったのです。『もしも、周囲の思惑の下、アグノス様がそういった経験をしてこなかったとしたら』と。……思い込みや間違いを、故意に正されることがなかったのならば。

それはまさに、『成長の機会を奪われている』ということではないのでしょうか。ハーヴィスは閉鎖的な国ですから、そのようなことが行なわれても知ることができません。

ですから、ミヅキお姉様やイルフェナは、アグノス様一人を悪と判断することができない。

私達と同年代、それも精霊姫と呼ばれていらっしゃるアグノス様。そのような方が、御伽噺と己を混同し、他国の王子を襲撃したならば……違和感を抱くのは当然です。あまりにも、常識から外れておりますもの。

大抵の者が『何らかの事情があった』『陥れられた』と考え、それが彼女自身の意思と判れば、彼女に施された教育や傍に控えていた者達の在り方に疑問の目を向けるでしょう。

ミヅキお姉様達の懸念はまさに、そこにあるのだと思います。『誰もがそうなった原因に思い至れるからこそ、ハーヴィス内部にそれを望む者が居るのではないか』と。

「……このように思えてしまうのです」

思っていることをたどたどしく口にし終えると、私はほっと息を吐きました。すでにミヅキお姉様達が到達している結論であっても、意見を求められたのは私です。私なりの見解を、しっかりと話す義務があるのです。

幼い頃の経験がある私から見ても、今のアグノス様の状況に違和感があると……いえ、彼女の言葉に傷ついた過去がある私から見ても、『今回のことは、何らかの裏があるように思えてしまう』とお伝えしなければなりません。

「昔のアグノスは……良く言えば『正直な人』という印象みたいだね」

「はい。ですから、今のアグノス様は……その、意図的に歪められてしまったように思えます。御伽噺に依存するにしても、王女である以上、最低限の常識は必要でしょう？　これまで散々、耳に痛い言葉を貰っていた私だからこそ、アグノス様がそういったことを理解せず、そのまま成長していること自体が不思議と言いますか」

　ミヅキお姉様の言葉に頷きつつも、私はそう続けました。幼い頃のアグノス様を思い出す限り、あの方は言葉を暈さないと言うか、正直過ぎるところがありました。

　もしも、常識を理解した上で今の状況に甘んじていらっしゃるというならば、何らかの原因がある気がするのです。もしくは、彼女自身がそう在ることを疑問に感じていないのではないか、と。

　そんな時、お父様の呟きが耳に届きました。

「……もしかすると、亡き母君が影響しているのかもしれん」

「アグノスの母親って言うと……」

「ハーヴィス王の最愛と言われた女性だ」

「へぇ……？」

　その言葉を聞いた途端、ミヅキお姉様の目が僅かに光ったような気がしました。

第七話　サロヴァーラへ寄り道を　其の三

「……もしかすると、亡き母君が影響しているのかもしれん」

その言葉を聞いた途端、私とティルシアは顔を見合わせた。

そう、そうだよ、アグノスのお母さんこそ、彼女に多大なる影響を与えられる一人！　彼女の情報って、これまで殆ど聞かれなかったじゃん！

……ただ、こればかりは仕方ないとも思えてしまう。ハーヴィスが閉鎖的な国である以上、他の国との交流もなきに等しいはず。情報だって当然、少なくなるだろう。

国王夫妻ならばともかく、側室の一人なんて、よっぽど表に出て来る立場――外交を担うとか、何らかの方面で名を残している場合――でない限り、知っていても名前くらいじゃないか？

第一、アグノスのことさえ、情報が殆どなかったじゃないか……『あの』黒騎士達でさえ！

「ちなみに、どんな人だったんです？」

興味本位で聞けば。

「それがな……侯爵令嬢だったことと、体が非常に弱かったことくらいしか知らんのだよ」

サロヴァーラ王はすまなそうに、けれどはっきりと言い切った。

……。

なんだと？　さすがに、それは表に出なさ過ぎじゃね？

それとも、貴族のパワーバランスを考えた果ての婚姻だったとか？

「え、いやちょっと、いくら何でも、情報がなさ過ぎでは⁉」

「う、うむ、確かにな。だがなぁ、国同士の交流も殆どない上、先ほども言ったように、非常に体が弱かったらしくてな……自国内でさえ、あまり情報が出回らなかったと聞いている」

「……。それって、『体が弱過ぎて、結婚前は自分の屋敷から出なかった』ということでは？」

「おそらく。他には……穏やかな性格の心優しい令嬢といったくらいか」

サロヴァーラ王の様子を見る限り、本当にそれしか情報がないのだろう。情報不足とか、密偵の力不足というわけではない。言い方は悪いが、本当～にそれしか情報がなかったと思われる。

……が。

これまで各国の側室様達を見てきた私からすれば、この状況はかなりおかしい。

「その人、側室なんですよね？　愛人とか、妾ではなく」

「ああ、側室で合っている。だからこそ、アグノス殿は『王女』なのだからな」

確定らしい。だが、私としては『よく側室にする許可が出たな？』と思えてしまう。

別に、愛人や妾といった人達を低く見ているわけではない。単純に、役割が違うのだ。

判りやすく言うなら、『側室＝お妃の一人』。

当然、お仕事や義務のある立場です。キヴェラやコルベラの側室様方を思い返しても、この認識は正しいだろう。

そんな立場だからこそ政に口を挟む場合もあるし、国において力を持つ人もいる。時に正妃の力となり、時に代理を務めるキャリアウーマン的存在ですよ。

現在の南に属する国々は特に、こういった傾向が強い。理由は勿論、キヴェラの先代こと戦狂いが原因です。戦力扱いなのよね、該当世代の側室様達って。

勿論、例外もあるけれど……大抵は『能力がある』『子を沢山産めそう』といった基準で選ばれる可能性が高いだろう。

その一方で、貴族達のパワーバランスを保つために嫁ぐ人もいるので、彼女達の背後には実家を含めた派閥が控えていると言ってもいい。

こちらは完全に政治の駒扱いなので、実家と意見が合わない場合、本人は物凄く苦労すること請け合い。言いたくはないが、サロヴァーラ王のお妃二人はこういったことの犠牲者だ。

医療技術があまり発達していないこの世界において、『血を繋ぐ』という役目は妻達にとって最重要任務。だけど、側室という立場はそれに加えて、お仕事もこなす。

対して、愛人は『王の癒し要員』。こちらは軽く見られがちな上、正式な奥さんでもないが、お仕事や義務といったものがない。

愛人に子供ができたとしても、正式に王家の一員として認められるかは怪しい。まあ、王家の血を継ぐ者は居た方が良いので、秘かに近い血筋の家に養子に出されて確保、だな。

政略結婚上等な階級だからこそ、単純に愛に生きるわけにはいかないのだよ。資質や能力がない人が身分の高い人の伴侶（はんりょ）になると、それはそれは大変です。高望みはしない方が良い。

……そういった前提条件を見ると、不思議に思うわけですよ。『どうして、アグノスのお母さんは側室になれたんだ？』って。

●パターン1『貴族のパワーバランス維持のため。該当者が他に居なかった』

「……。違うだろうな」

「違いますか」

「うむ。そういった要素がなくはないだろうが、彼女の実家である侯爵家は派閥を率いていたわけではないはずだ。それならば、公爵家の方に話が行く。血の近さが気になるならば、伯爵家あたりまで下げるだろう」

「なるほど」

「それ以前に、王女とはいえ、アグノス殿には実家の息もかかっておらんようだしな」

結論：可能性は限りなく低い。

●パターン2『先代の遺言』

「叶わなかった恋を、息子の代で叶えようとしたとか？　もしくは、何らかの約束事があったとか」

「ないな」

「そんな、あっさりと」

「そのようなことが過去に起こっていたならば、ハーヴィス内で話題になると思うぞ？　王家に貸しを作っていたとしても、野心がなければ成り立たん。『叶わなかった恋』というのも、ないだろうな。あそこは王権が強い。多少の無理は通ってしまうだろう」

「確かに、それなら納得です」

「それに、そのようなことがあれば民が噂するであろうよ。民は恋物語が好きだからな」

「ああ、娯楽的な意味で民に受けると」

「娯楽……ま、まあ、否定はしない」

結論：民の噂にもなっていないので、ありえない。

●パターン3『虚弱体質の恋人を持つハーヴィス王が我侭を言った』

「……」

「……」

「否定する要素がないな」

「これですかねぇ……？　正解だった場合、ハーヴィス王は『愛する人の体調も考えず、自分の我侭を押し通した』ってことになりますけど」

「……。正妃でなければ大丈夫と、考えた可能性はある」

「ああ、どちらかと言えば、王妃と側室の確執の方が厄介だと思ったたってやつですか」

「仲が良い家ばかりではないからな」

結論：正解の可能性・大。

「ってことはー、アグノスのお母さんはハーヴィス王の独断で側室になって、子供を産んで死んじゃったと。だから、アグノスは放置気味だったのかもしれませんね」

「最愛の女性を死に至らしめた子、とでも思ったのかしら？」

「それも身勝手な話だけどね。ティルシアの意見も否定できない」

かなり投げやりな感じになっているが、どうにもその可能性が高い。ハーヴィスという国が鎖国状態で、王の権力が強いということも一因だ。

そして、王妃様が彼女を側室に迎えることを反対していたならば……ハーヴィス王が王妃様をアグノスに関わらせなかったことにも納得できる。

ハーヴィス王妃は責任感が強い人のようだ。彼女が『血の淀み』を持つアグノスを放置していた……というのも、考えにくいもの。


これじゃね？　これが正解じゃね？


「ですが、側室になられたアグノス様のお母様やご家族は、何も思わなかったのでしょうか」

首を傾げながら、リリアンが口を開いた。

「私やお姉様のお母様のお姿を思い出す限り、側室であっても、正妃と仲が良くても、苦労がないわけではないのです。貴族、それも侯爵家のご令嬢ならば、ご自分が背負えるものか判断できないものでしょうか？」

「……そうね、私もそう思うわ。ミヅキとお父様の推測も納得できるけれど、王家に嫁ぐということは大変よ？　その判断ができないような方だったのかしら」

リリアンに続き、ティルシアも疑問を口にする。二人は自分達の母親のことがあったからこそ、余計にそう思えるのだろう。サロヴァーラ王もそれは同意見らしく、首を傾げている。

……だが。

「その人が物凄く体が弱くて、社交をろくに知らなくて、ほぼベッドの上で生活するような人だったら、『知らなかった』という可能性があるよね」

「「「は？」」」

「いや、だからさ？　リリアンやティルシアの意見って、『それなりに貴族として学んできたご令嬢』っていう括りでしょ。私も魔王様に教育されたから言えるけど、『学ぶ機会がなければ知らないまま』なんじゃない？」

マナーにしろ、ダンスにしろ、体が弱ければそこまで学べまい。本人の遣る気以前に、体がついていかないのだから。

これはご令嬢自身の資質が、どれほど優れていたとしても同じ。貴族の家に生まれた以上、義務として幼い頃から学ぶのだから。当然のように身に付けていようとも、簡単なことではない。

第一、社交の場に出られないようなご令嬢に婚約者がいたとは思えなかった。家族としても、余生を実家で穏やかに過ごしてほしかったんじゃないのかね？

「……もしや、アグノス様のお母様は王家の人間としての在り方を理解されていなかったのかしら。いいえ、貴族としての在り方さえろくに知らなかったならば、『御伽噺のような幸せ』を信じていても不思議はないわね」

「アグノスのあの状況は、彼女の乳母が『御伽噺に依存させる』っていう方法を取ったからだと思っていたけど、この乳母も普通は王女としての在り方なんて知らないよね。王も、無理に嫁がせた以上、大事にしただろうし。……あれ？　元凶って……ハーヴィス王とアグノスのお母さん……？」

ティルシアと言い合い、思わず顔を見合わせる。

もしや、アグノスの母親って、マジでこんな人だった？　しかも、王に守られ、現実を知らないままだったら……彼女は『そんな生活しか知らない』じゃないか。

傍に居た乳母とて、大事なお嬢様の生活ぶりしか知らないだろう。他の側室のことなんて、彼女が知る機会はないだろうし。

そんな『御伽噺のように、愛し愛される生活しか知らない人』が、残していく娘の幸せを望んだとしたならば。

どう考えても、『自分と同じ幸せ』が基準になるのでは……？

「ずっと、アグノスがああなった元凶は乳母だと思っていたけどさ……本当の戦犯、母親じゃない？　次点で責任感皆無のハーヴィス王。最愛の人が亡くなった後、娘をろくに構わなかった気がする。それどころか、王族教育したかも怪しいわ」

深々と溜息を吐きながら結論を言えば、皆は否定の言葉も上げず、何とも言えない表情を浮かべたまま沈黙した。

ええ、ええ、その気持ちも判りますよ。お花畑な夫婦が立場や現実を全く考えず、『私達にとって、最高に幸せな姿』を乳母に見せ付けた挙句、娘の世話を丸投げしたってことですからね！　でも、これならアグノスの現状に納得できるんだ。藁にも縋る思いだった乳母が、バラクシンの教会の教育方針に光を見出した理由も。

そりゃ、乳母や周囲の人達は『御伽噺のお姫様』に育て上げることに疑問を持たんわな。だって、アグノスの母親はまさにそれ……『優しいだけ』で良かったんだもの。

当の側室も、多少は精神的な苦労があったかもしれないが……それはあくまでも実家に居る時と比べた場合。幸せに過ごせたならば、絶対に、彼女は普通の側室として過ごしていない。

「アグノス殿ばかりが異質だと思っていたが、その教育を施した乳母殿や周囲の状況にも問題があったようだな。だが、ハーヴィス王は……アグノス殿を見るのが辛かったのやもしれん。そこまでして迎えた最愛の妻の命を、アグノス殿は奪ったようなものだからな」

「お父様、そうであったとしても、事の元凶はハーヴィス王でしてよ。同情の余地はございませんわ。そこまでの我侭を通す以上、しっかりと子に責任をもたなければ。そもそも、いくら側室様ご自身が子を望まれようとも、『子を望まぬ』と言い切ってしまえば良かっただけですもの」

「子を望む妻の願いを、無下にできなかったのか……。まあ、他国に嫁がせることは考えていなかっただろうから、ずっと自分が面倒を見るつもりだったのやもしれんぞ？」

「そうであっても、あまりにも無能ですわ。此度（こたび）のハーヴィスの対応を見る限り、私達の予想もあながち否定できませんし」

ですよねー、ティルシアさんに賛成です。全面的に同意しちゃうぞ。

あれか？　ハーヴィス王は『最愛の人の我侭は全て叶えてあげたかったけれど、彼女の命と引き換えに生まれた娘を見るのは辛いんです！』っていう状況だったとか、言わねーだろうな？

王妃の干渉を抑えているから、それで娘を守った気になっていたとか？　後はアグノスの周囲の者に報告だけさせて、娘の面倒を見ている気になっていたとか？

その結果が、乳母や周囲に居る人間に世話を丸投げですか？　『どうせ、アグノスはずっと手元に居るだろうから』って……？

「何と言いますか……アグノス様ご自身はどう思っていらしたのでしょうね？」

不意に聞こえた声に、皆がリリアンの方を向く。リリアンは……どこか痛ましげな表情をしていた。そこに浮かぶのは憂いだろうか。

「皆様が話していることが事実とは限りません。ですが、事実だった場合、アグノス様はお母様のご希望に沿った生き方を強要されてきたように思えてしまうのです」

「まあ、ねぇ……。魔王様への襲撃は許せないけど、これまでの予想が当たっていたら、同情の余地はあると思うよ」

「あら、ミヅキでもそう思うの？」

「私はきちんとお世話されてるもん。いくら何でも、教育されていない相手にこちらの常識を押し付けたりできないよ。知らないことかもしれないし」

「そうよね……確かに、その可能性もあると思えてしまうわ」

いやいや……ガチで、ハーヴィス王が今回の発端じゃね？

第八話　最優先は親猫様と親友です

――イルフェナ・騎士寮にて（ルドルフ視点）

エルシュオンも漸く、ゴードン医師から自由に動く許しを得たらしい。よって、俺達を含む今回の関係者――エルシュオンの騎士達や、各国から訪れた者達――は、騎士寮の食堂に集っていた。

別に、この集まりを秘密にしたいわけではない。単に、エルシュオンや俺が皆と気楽に話せる場所がここだけなのだ。騎士達が守りを固めているという意味でも、都合がいい。

俺も王だが、エルシュオンはこの国の第二王子。そして、集ってくれた者達の中にも王族が居る。いくら親しくとも、周囲に部外者の目がある以上、最低限の礼節は必要になってくる。当然、俺達の護衛も然り。

その結果、いつもの如く、騎士寮が選ばれたわけだ。身分というものは時に厄介なのである。

なお、ミヅキが居れば問答無用に『ミヅキに用がある』という建前が採用され、結果として騎士寮が集いの場となっていた。

好き勝手に動いているようで、ミヅキは一応、隔離されている身。必然的に『ミヅキに用がある＝騎士寮へ訪れる』ということになるのである。

『秘密のお話』には、大変便利な存在であった。異世界人とは素敵な大義名分だ。

勿論、その場合はミヅキ本人も強制的に参加が確定。誰かが勝手に連れて来る。

……そうは言っても、誘えば、ミヅキは確実に首を突っ込んでくるので、本人に『無理やり参加させられた！』という悲壮感はない。寧ろ、楽しむ『お馬鹿さん』だ。

エルシュオンは毎回これをやられているため、過保護が加速していったのだろう。守られる方にその気がないどころか、嬉々として最前線に特攻する以上、諦めた方が早いと思うのだが……俺の友は相変わらず真面目と言うか、難儀な性格をしているらしい。

で。

その友であるエルシュオンは今現在、それはそれは深い溜息を吐いていた。

「ミヅキから連絡がない……」

言いながら、項垂（うなだ）れるエルシュオン。そんな姿は己が庇護下に居るはずの魔導師を案じているようであり、まさに『お労（いたわ）しい』という言葉がぴったりだ。

彼の過保護は有名であり、ミヅキとの関係が非常に良好であることは多くの人に知られている。現に、城でエルシュオンの姿を見かけた者達の中には彼の心境を思い遣ってか、労しげな視線を向けてくる者もいるほどだ。

なにせ、今回のミヅキ家出の原因は『エルシュオン（+俺）への襲撃』。別にエルシュオンに非があるわけではないが、原因と言ってしまえばそれまでだった。

『可愛がっている子を、危険な目に遭わせる切っ掛けになってしまうなんて……』

『ご自分も怪我を負われたというのに、なんてお労しい』

あまり二人と接点のない人々からは、マジでこんな風に見られていたりする。ある意味ではそれも正しい――あくまでも、一部の人からの見方。それが正しいとは、誰も言っていない――ため、二人をよく知る者達は挙って口を噤み、目を逸らしていた。

だって、その方が都合がいいから。

理想と現実に差があるのは、この世の常である。と言うか、ミヅキに対する責任感ありまくりのエルシュオンが落ち込んでいるのは事実なので、彼らの見解と温度差はあれど、嘘ではない。

……が。

そこは『異世界人凶暴種』なんて渾名を付けられる魔導師ミヅキの親猫様。

「何をしてるんだかねぇ、あの馬鹿猫は！」

ダン！　と、鬼の形相でテーブルに拳を叩きつける。威圧も相まって、実に恐ろしげな魔王っぷりであった。周囲の者達もエルシュオンの怒りを察してか、どこか引いている。

そんな姿を目にしながら、俺はエルシュオンへと生温かい目を向けた。過保護、ここに極まれり。ミヅキの懐きっぷりも相当だが、親猫の過保護もいい勝負だ。

これを見れば判ると思うが、エルシュオンは別に気落ちしているわけではない。

この親猫様、ハーヴィスのことは欠片も心配していないのである。

彼の心を占めるのは、悪戯盛りの黒い子猫（と、同行している者達）なのだ。

ハーヴィスは加害者なので、普通は気にしなくてもいいのかもしれない。だが、今回ばかりは動いた人間が悪かった。ハーヴィスに向かったのは『世界の災厄』と呼ばれる魔導師であり、その実力は各国も認めているのだから。

その魔導師――ミヅキは異世界人であり、当然、その行動を見張る役目を担う後見人が居るのだ。エルシュオンはミヅキの後見人となっているため、彼女の行動に責任を持たなければならない。たとえ、それが魔導師であっても、だ！

普通ならば、己が不幸を悲観するだろう。よく判らない理由で襲撃され、目が覚めたら監視対象に好き勝手され、下手をすればミヅキが一国に喧嘩を売りかねないなんて！

いくらハーヴィスが加害者であっても、ミヅキが遣り過ぎればエルシュオンの責任となる。普通ならば自己保身の気持ちから、そちらに意識が向くはずなのだ。

だが、実際は御覧のとおり。魔王殿下は愛猫のことしか気にしていなかった。

エルシュオンに向ける目も生温かくなるというものだ……こいつを『冷酷な魔王』とか言った奴、一体誰だよ？　ここに居るのは、子猫が見当たらなくて不機嫌になっている親猫様だぞ？　出て来い、そしてこの光景を目にしろ。愛猫を案じ、激怒するエルシュオンをさぁっ！

見ろ、エルシュオンの騎士達は全く動じていないじゃないか。つまり、『今回に限り、こうなっている』のではなく、彼らにとっては『見慣れた反応』なのだろう。

「エルシュオンさぁ……いい加減、『諦める』ってことを学んだらどうだ？」

「いい加減なことを言わないでくれないかい？　ルドルフ」

「ミヅキに関しては、周囲が何を言っても無駄じゃないか」

「ぐ……！」

黙った。教育熱心な自覚があるからこそ、俺の指摘を否定できないのだろう。

「一応、『待て』はできるようになったじゃないか。……五回に一回くらい」

「……その具体的な数字は一体、どこから出てきたのかな？」

「セイルから聞いた話と、ミヅキ本人から聞いたことから推測した。ちなみに細かいことも含めての回数だから、広い目で見れば『待てはできる』でいいと思う」

「……っ。今回、できてないじゃないかいっ！」

キッとばかりに睨みつけて来るので、俺は笑顔でひらひらと手を振った。

「だって、お前が止めてないもん。寝込んでたろ？」

「私が寝込んだことが原因かぁぁぁぁ！」

頭を抱えるエルシュオンを前に、俺はからからと笑った。

「いいじゃないか、懐かれてて。あいつ、うちの先代の墓も蹴りに行ったことあるし、止めても聞かないって。無駄だ、無駄」

「いや、それは止めようね⁉　死者への冒涜（ぼうとく）だろう⁉」

あまりのことに、ぎょっとするエルシュオン。同時に、それらの事情を知らなかった者、数名が固まった。だが、俺はぐっと親指を立てて笑顔を向ける。

「実際には、蹴るどころじゃ済まなかったけどな！」

「え」

「大丈夫、王である俺が許したから問題ない」

ミヅキではないが、権力は時に素晴らしいものだと思う。本当に大丈夫だぞ、エルシュオン。あのアーヴィでさえ、そのことについてはお咎（とが）めなしなのだから。

「君達って……本当に似てきたよね……」

無駄だと思ったのか、呆れたのか……エルシュオンは深々と溜息を吐いた。事情を察した者達は呆れ、達観、興味深げにこちらを見ると、様々な反応だ。

勿論、エルシュオンには同情的な目を向ける者もいる。そんなエルシュオンに、追い打ちをかけるのは心が痛む（笑）のだが。

「ミヅキ達はハーヴィスの砦を落とすくらいしかしてないから、心配ないって」

ついつい、悪戯心が湧き、爆弾を投下してみた。

「……え？」

「だから、ミヅキ達がハーヴィスの砦を落とした。しかも二ヶ所。まあ、規模は小さいらしいけど」

『はぁっ!?』

ほぼ全員がハモった。おお？　灰色猫——ミヅキ命名。シュアンゼ殿下のことだ——もこれは予想外だったのか、唖然としている。俺が特別な感じがして、ちょっと気分が良いな。

「ちょ、ま、ルドルフ!?　君、何で知って……」

「ミヅキから手紙を貰ったから」

ほら、俺は今回、ミヅキの共犯者だからさ！　という言葉と共に手紙を取り出して見せると、エルシュオンは顔を引き攣らせる。

「……。ルドルフ？　君は王なんだよ？　やって良いことと悪いことくらい、判断できるよね？」

「できるな。だからこそ、俺はミヅキの行動を支持するさ」

「ちょっと待ってくれないかな、エルシュオン殿下。……失礼、ルドルフ陛下。できれば『支持する』と判断した理由をお聞かせ願えないでしょうか」

「ああ、構わない。それと、この場での言葉遣いはもっと気楽でいい。俺とエルシュオンもそうしているからな」

「判りました」

「……っ……判った。話を聞いてから、判断するよ」

シュアンゼ殿下の介入に、エルシュオンは少し冷静になったようだ。焦った姿を見せたことが恥ずかしいのか、少しだけ居心地が悪そうな様子に苦笑が漏れる。

――どうやら、エルシュオンは順調に変化を見せているらしい。

以前のエルシュオンならば、こんな姿は絶対に見せなかった。今は面子が限定されているとはいえ、随分と気安い態度を見せるようになった模様。

そんな友の変化を嬉しく思いつつ、俺はミヅキからの手紙を軽く振って見せる。

「この手紙には最低限のことしか書いていない。だから、これは俺の推測だ。それでもいいか?」

「勿論ですよ」

シュアンゼ殿下からの了承の言葉に、俺は一つ頷くと口を開いた。

「まず、『砦の陥落』。これは『ハーヴィスに魔導師を脅威として認識させるため』だ。ああ、砦の住人達は無事だぞ。怪我はさせても、殺してはいない。その怪我もミヅキが治している」

「一応は気を使った、ということかな」

「いやぁ?　寧ろ、逆だ。エルシュオンは善良に捉え過ぎだな」

『は?』

ほぼ全員が怪訝そうな顔になった。面白そうな顔をしているのはアルジェントとクラウス、そしてシュアンゼ殿下。

後は……ああ、双子の片割れとグレン殿が達観した表情をしているな。ミヅキの行動がある程度読めるせいか、間違っても『善意からの行動』には思えないらしい。

「手紙には『落とした砦の数』、『その際の行動』、『最終的な決着』、そして『時刻』が明記されている。ちなみに、場所は森の近く。彼らが持っていた武器は破壊したそうだ。そして、彼らを解放した時間は『夜になりかけた頃』」

「時刻……？」

「何か関係しているのでしょうか？」

セレスティナ姫とエメリナは不思議そうだが、騎士達――特にクラウスは何かを察したらしく、笑みを深めた。

「ミヅキの治癒魔法は『体の治癒能力を爆発的に高めるもの』であって、『魔力によって肉体を補うこと』ではない。つまり、体力を消耗する。それまでの戦闘に加え、治癒による体力の消耗。血の付いた服装で武器もなく、夜の森を抜けられるか？　まあ、『夜の森を抜ける』という選択をしたのは兵達自身だが」

「それはっ！」

最初に気付いたのは騎士達。やがて、込められた悪意に気付いた者達が、はっとした顔になる。

「ミヅキ達は砦を落としたが、『誰も殺していない』。これは同行している『他国の守護役達』が証言するだろう。その上で、兵達自身に選ばせたのさ……『魔導師の脅威をいち早く知らせるためには、夜の森を抜けなければならない』のにな」

夜の森を抜けようとしたのは、ハーヴィスの兵達の判断だ。朝まで待つなり、武器を調達するなりはできたのだから。

つまり、『兵達が死亡しても、ハーヴィス側の責任』となる。……誘導した存在が居ようとも、『ハーヴィスの兵達に責任感があったからこそ、起きた悲劇』なのである。

自国の兵の質の高さを証明するため、ハーヴィスは納得しなければならない。

これを悪意以外に何と呼ぶ？　ミヅキは判っていて、この策を組み立てたのに。

勿論、そうした理由も納得できる。寧ろ、これはイルフェナのための行動なのだ。

あいつは……俺の親友は。

とんでもなく性格が悪いくせに、日頃から過保護を発揮する身内には、とことん甘いのだから。

「ミヅキはな、襲撃犯達がこの国の騎士達の矜持を踏み躙ったことを、許してはいないんだ」

「え？　まあ、それは判るけどね。だけど、部外者が口を出すことではないよ。ミヅキとて、それは判っているはずだ」

納得しているのは、エルシュオンが彼らの誇り高さを知っているからだろう。襲撃の際、守り切れなかったことは事実と受け止め、エルシュオンの騎士達はどんな処罰にも従う姿勢を見せた。

そこで個人の感情のままに介入し、処罰を甘くするのは、彼らの誇りを余計に傷つけるだけであろう。彼らと共に暮らすミヅキが、それを知らないとは思えない。

「この件に関し、騎士達が報復をすることはできない。だが、柵のないミヅキは『許していない』。なあ、似てると思わないか？　『守ることに誇りを持つ者達の矜持を踏み躙る行為』。俺達への襲撃と同じ思いをさせたんだよ。いや、それ以上かな？　あちらの砦は二ヶ所も陥落したんだから」

「ああ、そういう意味での『報復』か！」

「『遣られたら、十倍返しが礼儀』だからな、あいつ。数は二倍、屈辱も倍ってところじゃないか？　砦を守っていた人数までは判らないが、そこまで少なくはないだろうよ」

騎士達はこれに気が付いたからこそ、笑みを深めたのだろう。だが、彼らとて、ミヅキを仲間と認識する者達……単純に、仲間のお礼参りに行ったなどとは思うまい。

事実、ミヅキがこの『ご挨拶』に赴いたのは、もう一つの意味があるのだ。

「あとは……『イルフェナに落としどころを持たせる』ってことだと思う」

「え？」

「エルシュオン。俺、言ったよな？　『エルシュオンはどうしたいんだ？』って」

「あ、ああ……確かに、言ったね」

思い出したのか、頷くエルシュオン。さすがに、それがどう関係しているか判らないのか、皆も不思議そうな顔をしている。

「正直なところ、いくらエルシュオンが穏便(おんびん)に済ませたいと思っても、今回の件は無理だ。ゼブレストだって無理だと思う。俺達自身が穏便に済ませたいと思っても、国として嘗められるわけにはいかないから」

いくら他国が味方してくれようとも、全ての者達が味方というわけではない。

『国としての対応』を見せない限り、侮ってくる奴はいるのだ。そうならないためには、厳しい対処をせねばならない時もある。

……だからこそ、ミヅキはセイルを同行者に選び、行動を起こした。

「だがな、ミヅキの後見人はお前だろ。同行しているセイルは俺の騎士にして、『ゼブレストのもう一つの王家』と呼ばれるクレスト家の者。イルフェナ、ゼブレスト双方……もっと言うなら、俺とお前には監督責任があるだろう。あいつらの勝手を許し、その結果、砦が落ちた。これは軽いことじゃない。……取引材料にできるんだよ。元凶はハーヴィスだから、こちらが和解案を示せば食いつくだろう。お前の望む通り、『穏便に解決できる』のさ」

『な……っ』

「楽しく暴れてセイルの気も済んでいるだろうから、うちもこれで手打ちだな。まあ、ハーヴィスからの謝罪は必要だが」

俺の推測に、ほぼ全員が唖然となった。そんな彼らに、そうだろうなと同意を示す。普通ならば、こんな真似はしない。下手をすれば、イルフェナに咎められても不思議はないのだから。

たとえ、イルフェナが有利に進められる状況だろうとも、当のエルシュオンがそれを望まないならば、『望む状況に持っていく』。ミヅキはそういう奴だ。

ミヅキが懐いているのは親猫たるエルシュオンであり、優先順位はイルフェナよりも高いのだから。彼が望むならば、どんな手を使ってでも遣り遂げるだろう。

セイルとて、そんな裏と砦陥落の事実があるならば、振り上げた拳を収めるだろう。殺伐思考の騎士だろうとも、俺にとっては一時の報復でなくしたくはない存在なのだ。

「まったく、あいつらしい。懐かれてるよな、エルシュオン」

唖然とするエルシュオンへと、俺は楽しげな笑みを向けた。

——あの自分勝手で、自己中な外道魔導師殿は、どこまでも俺達の味方なのだ。

第九話　愚かな王は過去を嘆く

——ハーヴィス王の独白

……どうして、こんなことになってしまったのだろうか。

私の頭を占めるのは、そんな言葉ばかりだった。

『王女アグノスの指示により、イルフェナのエルシュオン殿下が襲撃された』

『エルシュオン殿下は命に別状はなくとも負傷した』

『その場に居たゼブレスト王も巻き込まれており、ゼブレストからの抗議も必至』

もたらされた報告、それを事実と裏付ける二国からの抗議。

意味が判らず、唖然となった私に向けられたのは……いつも以上に鋭い王妃の視線と言葉、そして一部の貴族達からの失望だった。

『だから、アグノスを厳しく躾けろと言ったではありませんか！　幾度も繰り返しておりますが、私は【王妃】という立場から、そう申し上げていたのです！』

『陛下の最愛たる、あの方に嫉妬することなどありえません。想い人の思い出に浸る前に、王としての立場を優先なさってください！』

王妃の言葉に、私は項垂れるしかない。こんな時ばかりは、王妃の強さが少しばかり羨ましかった。その気の強さもまた、先代に気に入られた資質なのだろう。

男が相手であっても怯まぬ厳しい指摘、改革を望む王妃の政策。なまじ渡り合えてしまうからこそ、王妃の評価は真っ二つに分かれている。

それは王妃の方針が問題だった。王妃が推す政策は、長らく続いたハーヴィスの在り方に変化をもたらすものであり、たやすく受け入れるわけにはいかなかったのだ。

そんな王妃を支持する者は少なく、私自身、意地になっていたとも言える。王として、男として、私は自分以上に、王妃が政の才覚に恵まれていることが悔しかった。

特に煩（わずら）わしかったのは、『血の淀み』を持つアグノスへの対応を疑問視する声。

だが、王妃が産んだ子達は誰一人『血の淀み』を持っておらず、彼女の周囲に『血の淀み』を持つ者が居たという話を聞いたこともない。

厳しい言葉は王妃の嫉妬だと、誰かが口にした。

『愛されぬ妻だからこそ、亡き側室に嫉妬しているのだ』と。

そんな言葉に、『彼女』を側室にしようとした時の騒動を思い出す。

王妃は……王妃を支持する者達は、挙（こぞ）ってそれに反対していた。勿論、彼らは闇雲に反対していたわけではない。そう主張するだけの理由があったのだが。

……それでも、当時の私は。

『王位』というものが重く圧（の）し掛かり、優秀な王妃と比較される日々に疲れていた私は。

最愛の恋人を、妃として迎え入れることを願ったのだ。……どうしても、譲りたくはなかった。

『彼女は社交すら、ろくにこなせません。いくら貴方が守り、好意的な者達で周囲を固めても、心身への負担は免れないのですよ？　王城と生まれ育った実家は違うのですから』

……判っている。

王妃の言葉は正しく、王城で暮らすことが彼女の負担になることなど。

『陛下。かのご令嬢のことを想うならば、そのままご実家に居させてやってください。あの方がいくら貴方様の癒しであろうとも、お体が弱過ぎます。あれでは、子を望めません』

『……いえ、【子を望んではいけない】でしょう。ご令嬢の虚弱体質は、血の濃さが原因と聞いております。その上で、王家の血を混ぜるなど……！　【血の淀み】を持った子が生まれたら、どうなさるおつもりか！』

老いた宰相の言葉は正しい。私よりも長く生きてきたからこそ、『血の淀み』を持った者とその周囲の者達の不幸を知っているのだろう。

それゆえの、苦言。国を想うゆえの、『正しき』言葉。

だが――

『ねぇ、私の王子様。私はきっと長く生きられないわ。だからこそ、貴方と幸せになりたい。……貴方との子が欲しい』

『私と貴方の血を持つ子がいれば、寂しくはないでしょう？』

『王子様に憧れた私は、御伽噺のように幸せになりたいの。だから、欲が出たのね。その先の幸せすら望むだなんて』

柔らかな笑みを浮かべ、穏やかな声音（こわね）で語る彼女は、誰の目から見ても儚（はかな）く。

その夢を、彼女が望んだ『幸せな物語の続き』を、叶えてやりたくなってしまった。

……その結果、彼女は命を落としてしまったが。

生まれた子は女児であり、幸いにも王妃の子と王位を争うことはない。王妃や宰相は苦い顔をしながらも、それ以上、口を出すことはしなかった。

強硬な私の態度に諦めたと言うよりも、残り少なかったであろう命を懸けた彼女の『願い』だからこそ、渋々聞き入れてくれたのかもしれない。哀れんだ、とも言えるだろう。

彼女に仕えた乳母もまた、『命を賭して、お嬢様が残された姫様をお守り致します』と約束してくれた。アグノスの乳母となった者にとって、彼女は己の主であり、その言葉は何よりも優先すべきものだったのだから。

その後、数年は本当に穏やかに時が過ぎたのだ……アグノスの『異常さ』が知らされるまでは。

知らされた時は、その場に居た全員が絶句した。ただ、幸いにも軽度らしい。

乳母を始めとする者達からの報告により、とりあえずは安堵した一同だったが、そこからアグノスへの教育方針が真っ二つに割れてしまった。

王妃は『厳しく躾け、できる限り表舞台に立たせず、場合によっては幽閉』という、『血の淀み』を持つ者が現れた時に取られる一般的な対応を。

私は『問題がない限りは人々の前に姿を現し、民や貴族達に良いイメージを植え付け、味方で周囲を固めつつ穏やかに暮らさせる』という、できるだけ『彼女』の願いに沿ったものを。

甘いと言われればそれまでだが、私は亡き『彼女』の願いである『アグノスに幸せな人生を歩ませる』ということを叶えてやりたかったのだ。

側室にしたのも、子を作ったのも、私達二人の決断である。その業を背負わされたかのような娘を……アグノスを、少しでも守ってやりたかった。

『血の淀み』を持つ以上、忌避されることは避けられまい。だが、周囲から向けられる負の感情を軽くすることはできよう。守られていれば、並の幸せを得られよう。

そう、思っていた。それは親心であり、同時に個人的な見解からの言葉だったのだ……！

『貴方は甘いのですよ、陛下』

王妃が深く溜息を吐きながら、呆れた目を向ける。

『お言葉と決意はご立派ですわ。ですが……ならば何故、アグノスと向き合わなかったのです？　現実を見ることを拒否されましたか？　あの子を否定して、嫌われたくはなかったのですか？　それとも……最愛の方の命を奪う原因となったあの子を、憎みたくはなかったとでも？』

向けられる言葉に、返す言葉はない。返せるはずは、ない。

何事も起こらなければ、王妃の言葉に怒り、反論することもできただろう。だが、今では……それも正しいのだと実感できてしまう。

中途半端な者が王となり、親となったことが、此度の一件の本当の元凶。

『変わらぬハーヴィス』を望みながらも、『自分が望む例外』だけは叶えようとしたことが原因。

叶える才覚もないくせに、夢だけを追った。それがアグノスをあそこまで歪ませた。

勿論、罪を犯したアグノスが無罪となることはない。此度の一件も問題だが、『次』がないとは言い切れぬため、余計に厳しい処罰が求められるに違いない。

そうしなければ、イルフェナやゼブレストは納得しないだろう。『王族による、他国の王族への襲撃』なんて、宣戦布告にも等しいのだから。

また、私が恐れているのはこの二ヶ国だけではなかった。

『国境付近の砦、陥落！　守りを固めていた兵達の七割は、報告のため、夜の森を抜ける際に死亡！』

『襲撃者はイルフェナの……異世界人の魔導師！　アンデッドを使役していたとのことです！』

もたらされた報に、上層部の者達は大混乱に陥った。我々はアグノスが引き起こした一件の謝罪どころか、滅亡の危機に晒されていたのだと、気が付いてしまったのだから。

これには私や王妃どころか、主だった貴族達さえも顔色を変えていた。『世界の災厄』と呼ばれる魔導師が、ハーヴィスに牙を剥(む)いたのだ。噂を聞く限り、ただで済むとは思えない。

『何故……かの魔導師は、元凶だけを狙うと聞いていたのに……』

茫然と呟く宰相とて、このことは予想外だったらしい。宰相の言葉を信じるならば、此度の襲撃に憤る魔導師が狙うのはアグノスだけになるはず。私も魔導師の情報を思い起こす限り、できるだけ犠牲が少ない方法を選んでいるとのことだった。

少なくとも、『国』が標的になるとは思うまい。キヴェラが標的となったのは、セレスティナ姫が王太子妃という立場に居たからなのだ。

そのキヴェラとて、滅亡とは程遠い状況で決着がついている。今のハーヴィスの状況を、事前に想定しろという方が無理だろう。

『……。私達の首を捧げ、誠心誠意、イルフェナとゼブレストに謝罪いたしましょう。そして、エルシュオン殿下に魔導師様を諌めていただくのです』

『しかし、彼こそがアグノスの被害者ではないか』

『それでも、です。魔導師様が唯一、素直に言葉を受け入れる存在こそ、エルシュオン殿下と聞いております。恥を忍んで、あの方に諌めていただくしかありませんわ』

諦めきった表情の王妃の言葉に、私は頷くことしかできなかった。常に強気な王妃がこんな姿を見せることは初めてであったし、諦めの滲む言葉も、覇気(はき)のない口調も、彼女の絶望を感じ取るには十分であったのだから。

……。

もしも、私に人並外れた才覚があったのならば……このような道は避けられたのだろうか。魔王と称されるほどに才覚に溢れ、恐れられたエルシュオン殿下ならば……私が彼のように強き存在であったならば、また違った道を示せたのだろうか。

判らない。判らないが、ハーヴィスがかつてない危機を迎えていることだけは事実だった。

第十話　隣国の王女は憂い、姉（仮）を頼る

――サロヴァーラ・王城の一室にて（リリアン視点）

「ねぇ、リリアン。あんたは幸せだったね」

「はい？」

唐突な言葉に、私は首を傾げました。対して、そのようなことを仰ったミヅキお姉様は、どこか満足げな表情をしていらっしゃいます。

『幸せ』。確かに、私は幸せなのだと思います。お父様やお姉様に守られ、私の『今』があるのですから、それは事実でした。

そもそも、この状況を作り出してくださったのは、お姉様を始めとする『私以外の方達』。ミヅキお姉様だけでなく、ミヅキお姉様の計画に賛同してくださった皆様の助力があってこそ。

私はただ泣くばかりでした。そんな私からすれば、皆様の働きを『偶然』や『忠誠』などといった言葉で片付けることなどできません。

私は皆に守られていたのです。

貴族達の悪意に晒されながらも、私は確かに守られていたのです。

どうして……どうして、皆様を恨むことができましょうか。私が愚かなままに過ごしている間、お姉様達は命を捨てる覚悟で動いていらっしゃったのですから。

……それは理解できているのですけれど。

ミヅキお姉様の仰る『幸せ』は、何故か違う意味を持っているように感じました。いえ、アグノス様のことを知った今だからこそ、そのように聞こえてしまうのかもしれません。

「えっと……私は『今』があることに日々、感謝を覚えておりますが……」

「ああ、違う、違う！　リリアンの『今』があるのは、亡くなったお母さん達のお陰っていう意味」

「は、はぁ？」

意味が判りません。お母様達は、私やお姉様を共に愛してくださりましたが……どうしてそれが『今』に繋がるのでしょうか。お母様の言葉がなくとも、私はお姉様やお父様が大好きですし、お姉様と王位を争う気など欠片もないのです。

お姉様が周囲に認められるほど素晴らしい才覚を示されたことも一因ですが、ろくに学ばぬ私では、お姉様の対抗馬になれるはずもない。

私自身、そう認識していたのです。王家に忠誠を誓う貴族達とて、同じように思っていたことでしょう。

……ですが。

ですが、続いてミヅキお姉様から告げられた言葉に、私は言葉を失ったのです。

「もしも、リリアンが母親の実家を含む派閥と親しくしていたら。……リリアン自身の想いを他所(よそ)に、あんたは派閥のトップに祭り上げられていただろうから。勿論、ティルシアの対抗馬としてね。そうなっていたら、いくらティルシアが望んだとしても、無罪放免は無理なの。貴族達が苦し紛れに『自分達はリリアン様の忠実な臣下だ！』って言い出すだろうからね」

「え……」

「リリアンは無自覚のまま、派閥のトップに祭り上げられるってこと！　その場合、追い落とされる貴族同様、あんたも追い落とさなきゃならない。派閥だけ処罰して、トップを無罪放免なんてこと、絶対にできないから」

ミヅキお姉様の言葉を噛み締めながら、これまでの自分の状況を重ね合わせ。やがて、じわじわと意味を理解すると……私の顔から血の気が引いていきました。

そう、そうです。私自身が望まずとも、私はお姉様の対抗馬になる可能性があった！

その場合、ミヅキお姉様による断罪劇の際……『私は処罰されなければならなかった』！

権力争いである以上、敗北した派閥を率いていたとされる者が無傷であるなど、あり得ません。良くて幽閉、悪ければ処刑。後の憂いをなくす意味でも、私にも厳しい罰が課せられたでしょう。見せしめのようですが、判る形で責任を取らなければならないのです。

お姉様の計画でも、私は一時、幽閉される予定でしたが……それは私を安全な所に隔離し、守るため。処罰とは全く事情が異なります。

あくまでも『アルジェント様のことと、侍女の罪を見抜けなかったことに対して反省を促す』という意味合いが強いですし、あの当時の私ではそれでも許されてしまったでしょう。

愚かと言われていた私に、忠誠を誓ってくれる人や家は存在しませんでした。言い方は悪いですが、誰の目から見ても、私には王族の血以外の価値はなかったのです。

だからこそ、お姉様は『第二王女を幽閉する』という提案をしても、多少の反発程度で何とかなってしまうと踏んだのでしょう。自分に火の粉が降りかからないならば、貴族達とて納得するでしょうし……何より、お姉様に恩を売れるのですから。

お姉様がそのような計画を立てられたのは、私につく者達が居なかったから。

それは勿論、『私の実家に近寄ってはならない』と言い残したお母様のお陰。

その言葉だけでなく、王妃様やお母様が儚くなられた元凶と認識していたゆえに、私も、お姉様も、お母様方のご実家に近寄ることはありませんでした。

寧ろ、擦り寄ってくる者達を警戒していたと言ってもいい。お母様が遺された言葉は、幼い私にさえ深く刻みついていたのですから。

その結果、自分で味方を作ることができなかった私は孤独と悪意に晒されたのですが……後悔することはありませんでした。

お姉様と争う？　……冗談ではない！

私が愚かなままであった時から、お姉様は私を慈しんでくださいました。そこにあったのは、ただただ姉妹として、そして家族として、妹を案じる愛情です。お父様とて、同様。

どうして、私がお二人の言葉を……示してくれた愛情を疑うのでしょうか。お母様の遺された言葉は貴族達との距離を作り出すことになりはしましたが、私自身の意思でもあるのです。

それが結果として、私の孤立を裏付けるものとなり。

私は……『王に仇成す者達の派閥に属さぬ者』という認識をされたのです。

「あんたとティルシアのお母さん達は自分が苦労したからこそ、姉妹で争う可能性を潰してくれた。

……権力争いの果てに、どちらかが追い落とされる未来を回避してくれた！　……幸せなことじゃない。『家族に守られ、望んだ未来を手に入れられる』なんて」

「あ……」

私は唐突に理解しました。私の現状がサロヴァーラ……いえ、どのような国にあっても、非常に稀有なことであると。

王族同士で争うこと事体は珍しくはありません。ですが、その頂点であった王族が、本当に敵対する親族を疎んでいたかと言われれば……間違いなく『否』でしょう。

それでも罰せられ、多くの王族達が表舞台から姿を消してきたのです。自分が指示したわけでもない、派閥の貴族達が成した罪によって。

「ティルシアは『選択肢を減らす』という方法を取って、あんたを唯一の王位継承者にしようとした。それしかリリアンが女王になる方法がなかったから。だけど、本心は違う。だから、私は提案した……『望んだ未来を得ること』を」

ミヅキお姉様がお姉様に提案したことは、三つあったと伺っています。

『サロヴァーラの建て直しのために他国が手助けする』、『愚か者達の処罰と後始末を魔導師が引き受ける』、『貴女の今後を約束する』と。

お姉様はろくに知らない人を頼るほど、警戒心が薄いわけではない。寧ろ、逆。ならば、ミヅキお姉様の提案は……『思わず縋ってしまいたくなるほど、魅力的なものだった』ということ。

それを望みつつも、当時のお姉様には不可能なものだった。だからこそ、お姉様は自ら悪役となり、国に仇成す者達を一掃しようと画策されたのですから……！

「……ええ、ええ！　私は幸せな王女ですわ」

滲む涙をそのままに、ミヅキお姉様へと笑みを向ける。

「私ほど守られ、家族に愛された王女なんて、滅多にいないでしょう」

「そうだね。お母さん達はリリアン個人としても、『王女リリアン』としても、最善の道を歩めるよう、精一杯の助言をしてくれたんだから」

お母様達の言葉がなければ、私は己が置かれた状況を嘆くあまり、お母様の実家に擦り寄っていたかもしれません。悪意を恐れ、表面上だけ優しい顔をしてくる者達に。

ですが、そうなってしまえば……私は彼らに属する者となってしまう。

向けられる悪意からは免れても、お姉様やお父様と笑い合って過ごす未来など、絶対に望めなかったでしょう。彼らが断罪される時、共に処罰されていたはず。

「私は『幸せな王女』なのですわ」

そこにはきっと、辛いこと、苦しいことも含まれます。けれど、これほどに望んだ幸せを手にできた王族など、きっと数えるほどしかいないでしょう。できる、できないではなく、周囲の者達と情勢がそれを許さなかった。立場や身分とはそういうもの。

――だけど、私達にはミヅキお姉様が味方をしてくださいました。

正確には、お姉様との取引です。けれど、その後も何くれとなく気にかけてくださっていることも知っています。だからこそ、私は『ミヅキお姉様』と呼ぶことに違和感を覚えない。

「『個人』としてだけではなく、『王女』としても幸せな人生を。お母様達がそう望んでくださったからこそ、私の『今』があるのですね」

そう確信すると同時に、アグノス様の置かれた状況をお労しく思います。『血の淀み』こそあれど、アグノス様の現状はきっと――

「……ミヅキお姉様。私を妹分と言ってくださっているからこそ、私はミヅキお姉様に我侭を言ってしまいますの。とても、とても分不相応な、偽善に満ちた我侭ですわ」

「うん、何かな？」

ミヅキお姉様は面白そうな顔で私を眺めている。きっと、この後に私が言い出すことくらい、お見通しなのでしょう。

「もしも、アグノス様が違う幸せを……いえ、『アグノス様自身の幸せ』を望むならば、叶えて差し上げてほしいのです」

「それは『王女』としての幸せ？」

「いいえ。……いいえ、違います。お話を聞いた上での予想なのですが……アグノス様の幸せはきっと、王女という身分を持ったままでは叶わないと思うのです」

エルシュオン殿下への襲撃は、許しがたいことでしょう。ミヅキお姉様だけでなく、憤っている皆様はそれを許しはしない。

ですが、その切っ掛けになったのが、アグノス様に『御伽噺のお姫様であること』を強いた者達の存在ならば……あまりにも哀れではありませんか。

「私には、私のことを慈しんでくれるお姉様やお父様が居てくださいました。お二人から、在るべき姿を強要されたこともございません。ですが、アグノス様には……そのような方がいらっしゃらなかったように思うのです」

『御伽噺のお姫様』を強要したのが乳母ならば、何故、誰も異を唱えなかったのでしょうか。

アグノス様は聡明な方……いくら『血の淀み』を持つ者が特殊であろうとも、きちんと向き合い、アグノス様の幸せを考えてくれる者が居たならば、これほどの事態にはなっていないような気がするのです。

「私個人の偽善、そう思ってくださっても構いません。ですが、どうしても私と比べてしまうのです。同時に、ハーヴィスは他国を侮っているように思えてなりません」

「リリアン……」

お姉様は驚かれていらっしゃいますが、それが私の素直な気持ちでした。

ハーヴィス王が責任を取るのは当然としても、明確な罪があるのはアグノス様だけなのです。このままではアグノス様一人に全ての罪を押し付け、『そうなるように仕立て上げた元凶』は、逃げ延びてしまう気さえ致します。

私にそう思わせたのは、今回の一件に対するハーヴィスの対応でした。私如き若輩(じゃくはい)がこのようなことを言うのもどうかと思うのですが、どうにも他国の王たる皆様に比べ、かの国の王は信頼がないように思えてしまうのです。

王が無能であれば民が苦しみ、他国にさえ迷惑をかける。私はかつてのサロヴァーラを知っているからこそ、これを痛感しておりました。

……ご自分に王としての才覚がないと自覚しながらも、次代へと血を繋げることだけは遣り遂げたお祖父様。そのお覚悟はご立派ですが、それだけしかできなかったことも事実。結果として、貴族達は王族を侮るようになってしまいました。

お祖父様の真実を知ったお父様は嘆き、お祖父様の真意に気付けなかった過去を悔いていらっしゃいます。けれど、今ではそれを力とし、今度は自分が意地を見せる番だと、精力的に動いていらっしゃるのです。それが王としての責任の取り方だと。

ならば、ハーヴィスの場合は一体、誰が責任を取るというのでしょうか。正直なところ、ハーヴィス王には期待できないように思えてしまいます。アグノス様に対し、あまりにも無責任ですもの。

どの国からも助力が得られぬ状態のまま、ハーヴィスに『災い』となる可能性を持つ者が居る。ハーヴィスの抑止力が期待できない以上、各国としてもそのままにはできません。

「サロヴァーラも、他国も……『魔導師』にお世話になったことは事実ですが、尽力された方がいらしたことも事実なのです。ですが、それを知らぬ者も多い。中途半端な情報しか知らないからこそ、ハーヴィスは他国と自分達を同じように考えている気がしてならないのです」

「その可能性は高いわね。そうなると、エルシュオン殿下への襲撃を見逃したことも納得よ。ミヅキが飼い主の報復に出れば、自動的にハーヴィスの憂いは解消されるもの」

今回のことが穏便に済まされたとしても、次がないとは言い切れないのです。アグノス様に行動させることを望む者が居た場合、意図的にそんな状況を作り出しかねません。

その皺寄せと期待は間違いなくミヅキお姉様へと向かい、結果として、ミヅキお姉様が動かざるを得ない事態へと発展するでしょう。

寧ろ、ハーヴィス側はそれを期待しているのでは？　などと思えてしまいます。ミヅキお姉様が最小限の犠牲で結果を出される方だからという意味もありますが、誰の手も汚さずに済みますものね。

その際、『最小限の犠牲』の筆頭となられるのはアグノス様でしょう。そして、そのような未来を選ばせた者達は他人事のようにアグノス様の喪失を嘆き、同時に安堵する――

此度のことを顧みても、ハーヴィスはそういった『悲劇』を作り出すような気がしてなりません。

そもそも、ミヅキお姉様は『都合の良い駒』などではないのですから！

「私、ハーヴィスという『国』には同情しませんの。ハーヴィス王にしろ、アグノス様の周囲の者達にしろ、責務の放棄としか思えませんわ。ですが、アグノス様はお気の毒だと思います」

無茶なことを言っていると、自分でも判っているのです。ですが、ミヅキお姉様ならば。……サロヴァーラの状況を覆したミヅキお姉様ならばと、勝手な期待をしてしまうのです。

私の拙い言葉と、子供じみた我侭を聞いていたミヅキお姉様は、じっと私を見つめると。

「いいよ、それがリリアンの『お願い』ならば、叶えてあげる」

――その程度できなければ、貴女に『お姉様』と呼ばれる資格はないものねぇ。

あっさりと……本当にあっさりと、私の我侭に頷いてくださったミヅキお姉様は、大丈夫だと言わんばかりに微笑みました。

話を聞いていたお父様やお姉様が心配そうな視線をミヅキお姉様に向けますが、ミヅキお姉様の意思は変わりません。

「私もアグノスに思うことがあったしね。まあ、未来のサロヴァーラ女王の意向もあるなら、大丈夫じゃないかな」

「ミヅキ、大丈夫なの？　貴女は良くても、イルフェナは納得しないような気がするわ」

「多分、大丈夫。魔王様やルドルフも穏便な解決を望むだろうし、元々、ハーヴィス内部の画策を疑っていたから。私もどちらかと言えば、ハーヴィスという『国』の方が問題だと思うもの。アグノス一人に全てを押し付けて解決……なんて展開になった方が、後々、厄介だと思う」

「サロヴァーラとしても、此度の一件には思うことがあるが……そう簡単にイルフェナやゼブレストが納得するものかね？」

「その点でしたら、ご安心を！　私が動いた方が酷いことになると、もっぱらの評判です☆　と言うか、すでにやらかしてます」

「そ、そうか」

「……。そう言えば貴女、一度も『許す』とは言ってないわね」

「うん、アグノスも無罪放免はしない。だけど、『他人の目から見て【不幸な末路】』が『本人にとっての不幸』とは限らないしね」

――ああ、やっぱり。ミヅキお姉様はとても頼りがいのある、素晴らしい魔導師様なのです。

そのような方を『お姉様』と呼ぶ資格を得られたことも、私の幸運なのでしょう。

第十一話　帰還後の説教はお約束

――イルフェナ騎士寮・食堂にて
「というわけで、帰って来ました！　ただいま～」

「……何が『というわけで』なんだ、何が」

「ええと……ルドルフから説明されているだろうし、詳細を省いて帰還の挨拶？」

「省くんじゃない！」

「痛!?」

スパン！　という音と共に、頭に痛みが。発生源は勿論、お怒り中の魔王様が手にしたハリセンだ。

魔王様……それ、地味に気に入っていたんですね？　肩に担いだ姿が、妙に様になってますよ。

ジトっとした目を向ける私の姿に溜息を吐くと、魔王様は椅子に座り直した。当然、私の席は魔王様の向かい側――誰がやったか知らないが、名前が書かれたカードも置かれている。

……。

楽しい場所だな、ここ。説教の場を用意して、スタンバイしてたんかい。

これでも一応、『最悪の剣の巣窟』って言われているらしいけど……どちらかと言えば、『一芸特化型人間＋黒猫の住処』だと思う、今日この頃。たまに親猫も居るよ♪

才能を間違った方向に振り切っている奴らが日々、和気藹々（※好意的に解釈）と暮らしております。お仕事はちゃんとするけどね！

「いいじゃないですか、魔王様。私達、一仕事も二仕事もした後ですよ」

優しさが欲しい！　と抗議すると、魔王様の目が細められる。

「へぇ……？　まだ私達が知らないことがあるみたいだね。『一仕事』はハーヴィスの皆のことだと判るけど、もう一仕事は何をしたのかな？」

「サロヴァーラで今回の騒動の元凶……いや、アグノスがああなった戦犯について、凡その当たりを付けてきました。協力者はサロヴァーラ国王一家の皆さんです」

「何だって？」

途端に、騒がしくなる周囲。最初から皆もここに居たけど、とりあえずは魔王様に任せることになっているらしく、それまでは『偶然、この部屋に居ただけ』を装っていた。

だが、今回の戦犯（？）判明という情報に、さすがに反応してしまったらしい。魔王様とて、これは予想外だったのだろう。怒りの笑顔を消して、訝しげな表情になっている。


ですよね。その気持ちも判る。

情報、本当になかったものね。


「サロヴァーラ王から話を聞けた、ということかな？」

「ん～……そこに、幼い頃のアグノスと直接会ったことがある王女二人からの情報提供って感じですね。そこから推測したというのが正しいんですけど、状況的に正解かなって」

曖昧な表現になってしまうのも許してほしい。何せ、これから黒騎士達が探ろうにも、当の側室はすでに墓の中。彼女の実家に突撃するわけにもいくまい。

乳母も亡くなっている以上、正しい情報を持っている者が物凄く限られるのだ。そもそも、当時のことを覚えている人が残っていたとしても、素直に教えてはくれないだろう。

「それでいいから、報告しなさい」

「はーい。結論から言うと、元凶はアグノスの両親……ハーヴィス王と亡くなった側室ですね。側室は社交もろくにこなせないほど体が弱かったらしく、貴族や王族の務めとか立場を理解していなかった可能性があります。サロヴァーラ王ですら、彼女のことをろくに知りませんでしたから。それこそ、側室となった令嬢の世界観はベッドの上で読んだ御伽噺程度……かもしれません」

『御伽噺』という単語に、皆が反応する。アグノスに求められていた『御伽噺のお姫様』という役は、そこが原因だったのかと。

「そもそも、バラクシンの教会に話を聞いた乳母のセレクトですからね、『御伽噺のお姫様』って。これまで単純に『御伽噺のお姫様』をお手本に仕立てていたと思っていましたが、アグノスの母親が影響していた可能性があります」

「そう思わせるようなものがあったと？」

「はい。一言で言うと、母親の人生がまさに『御伽噺のような展開だった』んですよ。多分ですが、乳母はその当時を知っていたからこそ、参考にしたんじゃないかと」

意味が判らないのか、首を傾げる魔王様。その反応も当然と、深く頷く私。

だって、ハーヴィス王（当時は王子かな？）、もしくは側室になったご令嬢のどちらかがまともだったら、『御伽噺のような展開』はありえないもの。

魔王様や周囲で話を聞いている皆の立場は王族や高位貴族、またはそういった身分の方達に接する機会の多い騎士。自分の経験や教育を思い返しても、『ありえねぇだろ、御伽噺的展開なんざ』と考えてしまうのだろう。

なお、こういった無自覚の認識こそ、今回の一件を複雑にした一因だ。

皆が持つ『常識』を、元凶二人がシカトしやがったせいだもの。

……まあ、百歩譲って、超虚弱体質だったらしい側室の方は仕方がないとしても、だ。

ハーヴィス王、貴様は駄目だ。お前は『そんなこと知りません』が通る立場じゃあるまいよ。ただでさえ血が濃くなり過ぎ、『血の淀み』なんてものが出やすい状況なのだ。ご令嬢の『超虚弱体質』が受け継がれる可能性がある以上、婚姻すべきではなかったはず。と言うか、絶対に周囲は反対したに違いない。これ以上、王家にマイナス要素を入れてどうする。

「体が弱く、ベッドの上で本を読むくらいしか楽しみのないご令嬢は、御伽噺のような恋に憧れたかもしれません。『いつか、王子様が迎えに来て幸せにしてくれる』と。まあ、幼い子供が抱く夢そのままですね」

「定番と言うか、御伽噺は『王子が姫を救う』っていう展開が多いからね。彼女が不自由な生活を強いられていたならば、ある種の憧れにも似た思いだったのかもしれない」

「そんな彼女の家は侯爵家。家で開かれる茶会ならば、短い時間であっても、参加できたかもしれません。自分の家ですから、融通は利いたでしょうし。そして、身分的にも当然、同格かそれ以上に高位の貴族が招かれても不思議はない。たとえば、王族……とか」

何となく展開が読めたのか、皆は微妙な表情になってきた。魔王様は半ば、呆れ顔だ。

「幸運にも、ご令嬢は王子様と恋に落ちることができました。ですが、二人を祝福してくれる人ばかりではありません。ご令嬢の虚弱体質、そして貴族令嬢として求められる一般的な素養すらろくに身に付けていないことが問題となり、『正妃』は無理でした」

「『正妃』……ああ、御伽噺では婚姻に至れたとしても、その後のこと……王が複数の妃を娶る描写がほぼないからね。それに王妃になる以上、子供を産むだけで済むはずはない。時には王の代理を務めることもあるのだから、当然なんだけど」

「現実的に考えて、反対する人達の方がまともなんですけどね。ただ、恋に盛り上がっている二人の視点からすれば、反対した人達は『悪役』でしょう。それが現在のハーヴィス王と王妃の不仲に繋がっている気がしますよ」

パニックを起こしかけていた（予想）とは言え、イルフェナに届いた書を読む限り、まともそうだったもん、王妃様。ただ、改革を望む姿勢から見ても、彼女はきっと気が強い。

良くも、悪くも、責任感の強さからきつい口調になるだろうし、正論で責めれば『正しいことを言っているとは思うけれど、嫌な奴』くらいには思われてそう。

「ご令嬢は王子様との婚姻を望み、王子様も彼女を守ると誓いました。後に、体の弱いご令嬢が『王子様との子が欲しい』と言い出した時も、その言葉を優先するほどに。常に二人を見守っていた乳母もまた、彼女の味方をします。乳母にとってご令嬢は、大事な大事なお嬢様でしたから。……こんな感じの過去があったことが真相じゃないかと、思うんですよねぇ」

「ミヅキ、その具体的な内容は一体」

「現状を踏まえ、御伽噺的展開にしてみました。一応、ハーヴィス王が王族として教育されていたとするならば、最初に『子供が欲しい』と無茶を言ったのはご令嬢の方じゃないかと」

「なるほど。その我侭を叶えてしまったのが、ハーヴィス王ということか」

最後はかなり投げやりに言えば、皆もたやすく予想できてしまったのか無言のまま。乳母の行動の裏付けと言うか、ああいった発想に至った経緯としては無理がないので、私の『御伽噺風・今回の元凶について』に反論のしようがないのだろう。

と言うか、『御伽噺的展開』（笑）を間近で見ていない限り、現実にできるとは思うまい。可能と判断したのは、『王権の強い国で、次期王である王子様が実行していたから』！

「……。否定したいけど、ハーヴィスの対応を見る限り、ミヅキの言い分に納得してしまいそうだ」

「そうなんですよね。隣国であるサロヴァーラの王でさえ側室の情報を持っていないって、相当だと思います。多分、本当に家の外に出られないレベルで体が弱かったんじゃないかと」

「そんな人なら、側室であっても反対するよ。王家に嫁ぐ以上、精神的な負担は免れないですよねー！　それが一般的な考えだと思います。意地悪じゃないよ、労りなの！

「ハーヴィス王の我侭が通ってしまった結果が、現状か。それならば、アグノス王女が隔離されていないのも納得だよ。彼としては、最愛の人が遺した愛娘を守りたかったんだろうけど」

「その割には、愛玩動物を可愛がるだけで飼った気になっている人と同じ匂いがしますけど」

「娘に嫌われたくないから、厳しいことを言わないのかも。アグノス王女の現状をろくに知らなかったのも、自分の目で見に行かなかったせいかもしれないね」

「あれですか、『子に罪はないけど、最愛の人を死なせた原因と思ってしまう云々』とかいうやつ。悲劇の主人公に立ち位置をチェンジしていたら、『苦悩していた』とか言い出しそう」

「そこまではっきり意識していたかは判らないけど、無意識には思ってそうだね」

魔王様は呆れ顔だ。その呆れの中に嫌悪が含まれているのも、仕方がないのかもしれない。

周りの皆も、似たり寄ったり。皆は側室がただのお飾りではない――これまでどんな国であろうとも、そんなことが許されない状況だった。ただし、王族が望まないのに、無理やり側室に上がったカトリーナは例外――と知っているから、当然だな。

特に、セシル達は苦い顔だ。コルベラは側室の数が多いけれど、それは国を守るため。彼女達は己の得意な分野を活かし、同じ目的で結束している女傑の皆様なので、とても仲が良い。

そんな『母親達』を知るセシル達からすれば、ハーヴィス王と側室の行ないは最悪なのだろう。王族の婚姻は義務であり、間違っても周囲に迷惑をかけてまで貫くものではないのだから。

なお、イルフェナ勢は明らかに蔑（さげす）みの表情になっている。こちらはアグノスへの対応が主な原因だろう。身近に比較対象が居ることが、彼らへの嫌悪の原因か。


だって、魔王様は私に対して、そんな無責任な行動をしなかったから。


どれほど忙しくとも、魔王様は自分の目で私の様子を見に来ていた。しかも、頻繁に。多分、保護した当初のグレンに対するウィル様も同じだったと思う。

その理由は勿論、『異世界人への監督責任』だ。拾った以上、そして保護すると決めた以上、発生する義務であ～る！　勿論、通常業務が軽減されることはない。所謂、『余計な仕事』なのだ。

恐らくだが、ハーヴィス王はそういったことまで考えられない人なのだろう。王として、もしくは父としての責任感があったならば、アグノスはもっと厳重に管理されていたはずだ。

『管理』という言葉を使うと酷いことをしているようだが、アグノスの場合は違う。

彼女は王の子……王女なのだから。王が優先すべきは『国』だろうが。


「ハーヴィス王の危機感のなさ、責任感のなさが、今回の発端とも言えそうだね」

深々と溜息を吐きながら、魔王様が呟く。イルフェナはそういったことに特に厳しいだろうから、あまりの無責任さが信じられないのかもしれない。

「ハーヴィスって、王権が強いじゃないですか。だからこそ、そんな我侭が通ってしまったんじゃないですかね？　これまで苦言を呈した人がゼロって、ちょっと信じられませんし」

「ああ……ハーヴィスの特性も、実行させてしまった要素なのか」


そりゃ、王妃様も改革を望むわな。致命的な事態を起こしかねないもの。


私達の気持ちは多分、これに尽きた。すぐ傍にこんな無責任男が居たら、危機感を抱くのは当然。個人的な感情優先で王が我侭を通すとか、怖過ぎます。

……まあ、今回のことの発端がそこにあると知られれば、今後は国の意識も変わる可能性があるけれど。と言うか、絶対に変わるだろうよ。

だって、誰が聞いても、国の在り方に危機感を抱く案件じゃないか。実際、それが原因でハーヴィスは魔導師に襲撃されているんだから！

「はぁ、もう十分だ。多分、ミヅキの予想で合ってそうだからね。……で、ミヅキはどうしたいんだい？　一応、ハーヴィス国王夫妻が謝罪に来ることにはなっているけれど」

「あ、ついに動いたんだ？」

「主に、君が暴れたせいでね。他国で何をしていたのかなぁ？」

ペシペシとハリセンで軽く私の頭を叩きつつ、生温かい視線を向けてくる魔王様。……あの、その『お前が原因だろーが』と言わんばかりの行動、止めて。

「理由はちゃんとあるもん！　私達、頑張ったもん！　ルドルフから聞いてるでしょ⁉」

「それとこれとは別」

「ええ～！　理不尽！」

「問題行動をする君が悪い」

抗議すれども、サクッとスルーされる。なんだよ、今回は私だけが悪いんじゃないやい。少なくとも、ルドルフはばっちり共犯ですよ⁉

「で、もう一度聞くけど。ミヅキはどうしたい？　どんな決着を望んでいる？」

魔王様は面白そうに、けれど探るように私を見つめている。皆の視線も自然と、私に集中しているようだ。そこに諫めるような感情は見受けられなかった。

どうやら、私の意見を一応は聞いてくれるつもりらしい。魔王様がこんなことを言い出したってことは、これはイルフェナ側の総意か、襲撃された本人である魔王様に決定が委ねられたと見るべきか。それとも、魔導師の独断として判断されたのか。

だが、この展開は私にとって好都合。それならば、私は。

「あのですね……」

ダメ元でも希望を言っておこうか。どうせ、ハーヴィスは『魔導師を諌めてくれ』って、言ってくるだろうからね！

第十二話　ハーヴィスから元凶来たる　其の一

――イルフェナ・王城の一室にて

「この度は本当に申し訳ないことをした……！」

そう言って頭を下げるハーヴィス王。声には悲痛さが滲んでいるけど、これまでのこともあって、私からの評価は未だにマイナスだ。

あちらは国王夫妻とアグノスが話し合いの席に着いている。アグノスは状況が判っていないのか、珍しそうに見慣れない人々に視線を向けている。だけど、どうにも幼い印象が拭えない。

アグノスって、確かに綺麗な人なんだ。そう、間違いなく美人なんだけど……それ以上に良くも、悪くも、無垢な感じ。無邪気にも見えるその姿が、偽りだとは思えなかった。

おいおい、マジでアグノスは精神年齢幼女じゃあるまいか？

明らかに、成人王族……いや、状況を理解している成人女性の態度じゃないぞ？

イルフェナ側の話し合いの席に着いているのは、魔王様とルドルフ、そして……クラウス父ことブロンデル公爵。これは予想外のセレクトだったが、どうやら事情があったらしい。

事前に面子を聞いた際、意外な人が来たなと思ってはいたんだよね。そんな私の心境を察したのか、クラウスが薄らと笑みを浮かべながら『精神系の魔法の使用や、魔道具の存在を警戒しているんだ。父は探知が得意だからな』と暴露。

つまり、イルフェナはハーヴィスを『欠片も』信頼していないってことですね！

物理方面の護衛が居る上、魔法系最強の守りを傍に付けたってことですか。

勿論、それを聞いた私は大・爆・笑☆　他には『納得の表情』・『イルフェナの声なき主張に苦笑い』・『盛大に呆れる』といった反応だった。

ここまで信頼のない王ってのも、珍しい。誠実に謝罪するという場面なのに、警戒心は最初からMAXですか！　笑えますね！

話を聞いていた皆――他国の友人達を含む――からも、そこについての突っ込みはなし。彼らから見ても、仕方ないと判断したのだろう。

ちなみに、これは『まだ』正式な謝罪の場ではない。国同士の問題な上、ハーヴィス側に思うこともあるので、正式な謝罪の場は明日、謁見の間で行なわれる予定だそうな。

と言うか、自国だけでなく、他国からも観覧希望者がいるため、こういった形を取らなければならなかったりする。提案&原因は勿論、私だ。

あれですよ、ハーヴィス側の誠意とやらを他国にも知ってもらう場が必要ってやつ。

私が手紙で今回のことを広めまくったので、各国にとっても関心のある案件なのだ。まあ、明日は我が身と成り兼ねないので、情報を得ておきたいというのが本音だろう。

イルフェナはこの一件において後ろめたいことがないため、これを快諾。どちらかに有利な情報操作などをさせないためにも、ハーヴィス側の言い分を直接聞ける他国の人間が居てくれるのはありがたい。

……というのは建前でして。

一見、ハーヴィス側を気遣っているかのようなこの状況。実際には、イルフェナの防衛手段の一環であることは言うまでもない。

魔王様やイルフェナに悪意を向けようとする輩が居ても、各国の証人達がそれを否定できるからね。私が彼らを『救世主』と呼んだ理由がこれ。言い掛かり対策なのですよ。

小賢しいと言うなかれ。友人達とて、自国に正しい情報を持ち帰れるなら、喜んで『友人想いの協力者』になってくれるさ。

事実、皆は快諾してくれた。寧ろ、何人かは『ハーヴィスがどんな言い訳をするのか、是非聞きたい』と口にする始末。

余談だが、セシル達やシュアンゼ殿下は『ミヅキがどんな報復をするのか、この目で確かめたい』とも言っていた。

完全に娯楽扱いです。それでいいのか、王族ども。


……。


いいんだろうな、彼ら的には。

と言うのも、彼らが私の報復を期待するのには、十分な根拠があるのだ。その根拠とは、私が魔王様にお願いしたこと。

『正式な謝罪は、是非とも謁見の間でお願いします。公の場だからこそ、記録に残りますよね？皆の目がある以上、自分の言葉に責任を持たないなんて真似、できませんよね……？』

以上、お説教の際に魔王様へとお願いしたことである。中途半端な誤魔化しで許す気はないという、決意に満ちたおねだりですよ。万が一にも、イルフェナが穏便に済ませる選択をした場合、部屋で秘かにお話しして終わり……という可能性も、ゼロではなかったし。

それに加えて、魔王様が各国の要人達と親しくしていることを良く思わない奴らの存在がウザかった。寧ろ、警戒すべきはこっち。

私にさえ干渉してくるくらいなので、今回の件を奴らが都合よく利用しようとするならば……話し合いがオープンではない方が都合がいいもの。

その場合は事実曲解、待ったなしでしょうな。『誰それに聞いた』『噂があった』といった曖昧な情報を、まるで事実のように広めようとするだろう。私じゃなくとも警戒するわ！

そういった事情を顧みた上で、提案してみたことだったのだが。

まさか、本当に実現してくれるなんて、思っていなかった！　誰かは判らないけど、賛同者の皆様、ありがとーう！　私、報復を頑張るねー！

……。

イルフェナは私の予想以上に、激おこなのかもしれん。自己評価が低めだからあまり話題に上がらないけど、『優秀な第二王子』なのよね、魔王様って。

そんな人が襲撃されれば、普通は怒る。愛されているならば、なおのこと。魔王様は自分の予想以上に、周囲の皆から愛されているんじゃなかろうか？

許可が出たと聞かされ、軽く驚く私に向けられたのは、話を伝えに来てくれたアルと周囲の友人達の含みある笑み。

『我々はエルの騎士ですから、被害者であるエルが【穏便に済ませたい】と言い出せば、それに従うしかありません』

『セイルにしても、ルドルフ様がエルに宥められてしまえば、無理は言わないでしょう』

『そんな我々の希望の星が貴女だったのですよ、ミヅキ』

『ミヅキならばやってくれると、我々は信じていますので』

……『遣ってくれる』じゃなく、『殺ってくれる』に聞こえたのは、気のせいじゃあるまい。まあ、騎士寮面子がそんな風に思ったとしても、仕方ないことではある。アルとて、例外ではない。

今回、アル自身は謹慎を免れているけれど、クラウス以下、当時、魔王様達の護衛を担当していた騎士達は軽いとはいえ、処罰を受けている。そのこと自体に文句はないけれど、アルからすればハーヴィスは『勝手な理由で主とその友人を危険な目に遭わせた挙句、同僚達に屈辱を与え、ろくな謝罪をしてこないクズ』という認識だ。

ただでさえ不快に思う案件なのに、『身内以外はどうでもいい』と考える人間嫌いからすれば……激怒必至は当然ですね！　どうりで、今回はいつにも増して協力的だと思ったよ。

『と、言うわけですので、ご存分にどうぞ』

『ああ、ミヅキ。私達の分も頼む。私とエマはエルシュオン殿下に世話になったからな。ハーヴィスの対応は不快だ』

『宜しくお願いいたします』

『私達の分も頼む。私とラフィークもエルシュオン殿下には感謝しているからね。なに、君の言い分を事実と共にガニアに伝えた上で、私も支持するだけさ。共に北の国である以上、ハーヴィスはガニアにとっても警戒対象だよ』


以上、アル、セシル、エマ、シュアンゼ殿下からの激励だ。

……。


本当に、それでいいのか、お前ら。特に、まともそうな建前を連ねたガニア勢。


まあ、ともかく。

そんな経緯があって、この一件の『謝罪の場』は決定したのです、が！

ここで一つ、問題が発生したんだよねぇ……言うまでもなく、主犯であるアグノスのことだ。

勿論、アグノス本人からも事情を聞きたい。だが、彼女は『血の淀み』を持っているので、いきなり謁見の場で糾弾……という事態になった場合、どうなるか判らない。

これはハーヴィス王妃からの提案だったらしい。曰く『あの子は時に、癇癪を起こすと報告されていますので』とのこと。そこには明らかに、アグノスを気遣う感情が見て取れたそうだ。

ハーヴィスとしても騒動を起こされるのは拙(まず)いが、アグノスを案じる気持ちもあるのだろう。血の繋がりのあるハーヴィス王より、よっぽど親らしい提案だ。

こちらとしても、アグノスがどういった状況なのか判らないので、落ち着いて話してもらえる環境の方がありがたい。

そんなわけで、提案されたのが『アグノスを交えての、状況確認の場を作る』というもの。

イルフェナも『血の淀み』に関する知識はあるし、ハーヴィス側がアグノス一人に罪を押し付けることを回避する――アグノスの『血の淀み』が酷い場合、反論などは不可能と判断――ためにも必要と判断されたらしい。

一応、正式な話し合いの場という扱いではあるけれど、ハーヴィス側の言い分を聞く場、と言った方が良いだろう。

それが今現在、私が眺めている状況なのです。私は護衛の一人であると同時に、『魔導師は凶暴だが、エルシュオン殿下の言うことならば聞く』と証明するため、この場にお呼ばれさ。

話し合い面子の他には、護衛として団長さんとクラレンスさん、セイル、アル、私。なお、ジーク達が襲撃事件の当事者ということもあって宰相補佐様、何故かしれっとシュアンゼ殿下がこの場に居る。

ジーク達のことがあるから、一応、カルロッサは関係国扱い。だから宰相補佐様は判るけど、どうしてシュアンゼ殿下に許可が出たよ⁉　と思っていたら、『北の大国として、万が一の場合は抑えに回るため』だそうだ。何かあったら、即、ガニアに報告する、と。

真面目な振りして、ハーヴィスに圧力を掛ける気、満々です。

灰色猫は順調に本性を暴露中。素敵な性格にお育ちのようで（笑）

話し合いが始まる前の遣り取りを思い出していた私は再度、話し合いの席に座る人達に目を向けた。そこでは未だ、ハーヴィス国王夫妻が謝罪中。彼らを見つめるイルフェナ勢（＋ルドルフ）の目は……何の感情も浮かんでいないように見えた。

ブロンデル公爵は微笑みを湛えているけれど、それが本心ではないことくらい、私にも判る。他の人達も似たり寄ったりなのだろう。

「……それは此方が聞きたいことを、包み隠さず話す気があるということだろうか」

「……っ」

どこか冷たく聞こえる魔王様の声に、ハーヴィス王が小さく肩を跳ねさせる。そんな彼の姿に、私は半ば、呆れにも似た気持ちを持ち始めていた。

いやいや、そこは即答しなさいって。誠実さを示す機会なのに、ビビッてどうする。魔王様に威圧があることとなんて、周知の事実でしょうに。

「勿論です。此度の件は、ハーヴィスに全面的な非があるのです。聞かれたことは全て、お話しします。ハーヴィス王妃として、お約束しましょう」

「……。王妃の言う通りです。全てお話しします」

顔を上げて、きっぱりと言い切るハーヴィス王妃。その表情はどこか必死さを滲ませており、彼女が本当に覚悟を決めてイルフェナに来たのだと推測できた。

対して、情けなく見えるのが彼女に続いて顔を上げたハーヴィス王。悪人のようには見えないが、何て言うか『王としての迫力がない』。顔色が悪いのは仕方ないとしても、魔王様達と向かい合った場合、どうにも迫力負けしているのは明らかだ。

……。

ハーヴィス王は『個人として』ならば、良い人なのかもしれない。魔王様達に悪意を向けたり、誤魔化しをするようには見えないし。

だが、『王として』考えた場合……腹黒い臣下達から忠誠を向けてもらえるような人には思えなかった。この階級の人達って、敵にしろ、味方にしろ、有能な人ならば、ある程度は認めてもらえるようなところがあるからね。

ハーヴィス王、王族だけあって顔立ちは整っているし、若い頃はまさに『御伽噺の王子様』に見える人だったとは思う。性格も善良ならば、『憧れの人』（注：貴族や王族にとって理想の結婚相手・優良物件という意味ではない）という認識はされそうだ。

だが、性格まで『御伽噺の王子様』のような、愛や正義が優先される人だったら……こいつに国を任せるのは、不安しかあるまい。今でもこんな印象を抱くってことは、アグノス母と出会った頃って、マジでリアル御伽噺の王子様だったんじゃ？

話し合いは始まったけれど、私は早くもハーヴィス王に対し、嫌な予感を抱き始めていた。

この人、本当に覚悟を決めてきたんだろうな？　全てを王妃任せにできるほど、魔王様達は甘くないですよ？

第十三話　ハーヴィスから元凶来たる　其の二

さてさて、楽しい（？）事実確認の始まりです♪

少なくとも、ハーヴィス王妃の方は正直に話してくれそう。ハーヴィス王も話すこと『だけ』はしてくれそうに見える。魔王様からの威圧を感じているせいもあるだろうけど、悲痛そうな表情をしていて……随分と憔悴（しょうすい）している雰囲気があるのだ。

反省していると言うか、事の重大さを『一応は』理解できているっぽい。こちらを悪者にする気はないみたい。

……が。

独断と偏見で申し訳ないが、ハーヴィス王からの言葉には随分と、言い訳が含まれそうな気配があった。何て言うか、『誠実に謝罪する一国の王』というより、『娘に好き勝手された、哀れな父親』的なイメージが強いのだ。はっきり言うなら、もう少し王としての覇気が欲しい。

好意的な言い方をするならば、『一国の王として、それ以上に個人として、誠実に答えようとしている』といった感じだろうか？　第三者、特にイルフェナ勢からすれば、同情を買って許されようとしているようにしか見えないとしても。

なお、悪意を持った見方をするなら、『責任感皆無のヘタレ』以外の何物でもないことを付け加えておく。さすがにそれはないと思いたいけどさ。

アグノスが主犯であることを認めた以上、ハーヴィスが加害者であることは覆らないのだ……何を言われても『ごめんなさい』一択だろ、普通。そもそも、アグノスを処罰するにしても、ハーヴィス王が主導しなければならないんだし。

そんなことを考えていたら、事実確認が始まった模様。

「私一人の問題ではない以上、謝罪は後日、父上へと行なっていただく。この場は事実確認の場と割り切ってもらいたい」

「はい」

「うむ、理解している」

素直に頷くハーヴィス国王夫妻。……どうやら、『聞かれたことは全て話す』という言葉に嘘はないらしい。

魔王様もそれを感じ取ったのか、満足そうに頷いている。ルドルフとブロンデル公爵も魔王様同様、とりあえずは彼らの誠意を信じることにしたらしく、特に文句はないようだ。

「では、早速。アグノス王女の事情を考慮し、貴方達に答えてもらいたいのだが。……私やルドルフ陛下への襲撃はアグノス王女の指示によるもの、ということでいいだろうか」

ズバッと本題を切り出す魔王様に対し、ハーヴィス国王夫妻は暫し、顔を見合わせ。

「ああ、その認識で合っている」

「アグノス本人にも確認しました。『悪意のある・なし』という聞き方をされると困ってしまいますが、エルシュオン殿下が仰ったことは事実です」

溜息を吐きながらも、二人は素直に肯定する。顔を見合わせたのは、ハーヴィス王妃の言った『【悪意のある・なし】という聞き方をされると困る』という点があったからだろう。

見る限り、アグノスは事の重大さを理解できていまい。……いや、『それが悪いことだと知らないからこそ、事実のみを素直に答えただけ』という気がする。

そこに悪意があったかと問われれば、間違いなく『否』。無知な子が、その純粋さのままに行動した……とか言った方がしっくりくる。

現に、アグノスは一人、きょとんとした顔で国王夫妻と魔王様の遣り取りを眺めている。こういった場に不慣れと言うより、頭を下げる国王夫妻の姿が珍しいのかもしれない。

魔王様達もそれらを察しているからこそ、『親、もしくは保護者』という立場にある二人から話を聞くことにしたのだろう。魔王様はできた大人なので、精神年齢幼女（予想）のアグノスを責め立てるような真似はしないだろうし。

……幸いと言うか、実際にアグノスに処罰を下すのはハーヴィス王なので、それでも問題ない。

そうでなくとも、保護者が責任を取るのは常識だしね。最低限、やらかしたことがどれほどのものかを本人が理解できていなければ、罪の重さなんて判るまい。そして、それを教えるのはイルフェナの仕事じゃないのだ。

「アグノス様は結構、深刻な状態みたいだね」

こそっと、シュアンゼ殿下が話しかけてくる。彼は一応、部外者という扱いになるため、居場所は私の隣だ。こういった会話をする意味でも、都合がいい。

「『血の淀み』の影響というより、基礎的な教育を施されていないように思えるけど」

「多分、それで正しいと思う。私が言った『深刻な状態』っていうのは、そちらのことだよ。御伽噺を信じさせるためには、一般的な善悪という考えは邪魔になるだろう」

「ああ、そういうことかぁ」

思わず、納得する。あれですね、御伽噺にありがちな『主人公達が正義』ってやつ。確かに、御伽噺と混同するならば、常識や現実的な見解は邪魔だろう。

現実的に捉えると、『お前、それって犯罪じゃん……』としか言いようのない事態も、『主人公だから正しい言動と思われる』。御伽噺なんかは特にこういった展開が多い。

判りやすい例を挙げるなら、『政略結婚を拒んで駆け落ち　↓　主人公カップルは遠い地で幸せになり、ハッピーエンド』。

これ、現実だと大問題ですよ！　政略結婚である以上、何らかの思惑が含まれているはずなのだ……責任を取らされるの、逃げた奴が居た方の国とか家だぞ？

賠償金が発生するかもしれないし、急遽、代わりの人が見繕われるかもしれないじゃないか。

間違いなく、駆け落ちの弊害は発生する。賠償金のために税が上がるならば、民も立派に被害者だ。

主人公達は国や家族といった身近な関係者達の犠牲の下に、幸せになるわけですね！　どこがハッピーエンドだよ。

「見た感じ、アグノス様はそういったことを理解していない幼子のように見える。逆に言えば、教育に問題があったとしか思えない」

「そうなんだよね……ただ、素直そうな分、こちらが聞けば馬鹿正直に答えてくれそう。その点だけはありがたい」

「確かにね」

ひそひそと話す私達をよそに、魔王様達の会話は続いていた。

「では、次の質問を。アグノス王女の扱いについて。……『血の淀み』を持つと判っている以上、適切な措置を取るのは国としての義務ではないのかい？」

「……報告を聞く限り、それほど深刻なものに思えなかったのだ。まして、アグノスは母を亡くし、ろくな後ろ盾もない上、継承権もない。『血の淀み』を持っていた者の中には、生涯を常人と変わらぬ生活を送った者もいる。穏やかに過ごせているならばと、そう思ってしまった」

「言い訳のようになってしまいますが、時折、私からアグノスに厳しい教育を施すよう、陛下に進言して参りました。勿論、そういった者は私の他にも居ります。ですが、決定的な事件が起こっていない以上、必要以上に厳しい教育は不要と言われてしまいまして。これまで、アグノスの問題行動が報告されなかったことだけは事実なのです」

ハーヴィス王の言葉を補足するように告げるハーヴィス王妃。……それでも少しの批難が込められているのは、ハーヴィス王妃同様に、進言した者達が居たからだろう。『決して、危険視していなかったわけではない』と。

彼女は王妃として国を、そして配下にある者達を守ろうとしている。聞き届けられなかったとはいえ、そういった事実を告げるだけでも印象が違ってくるもの。

……ただし、それはハーヴィス王を追い込む所業ではあるけれど。

これは、ハーヴィス王妃なりの報復なのかもしれない。同時に、ハーヴィスの問題点――『個人的な我侭が通ってしまうほど、王の意思が重視される』という事実――を、『国にとって悪いもの』として認識させようとしているように見える。

多分、ハーヴィス王妃がそれを一番言い聞かせたい相手はハーヴィス王その人じゃあるまいか。今回、明らかにそれが原因だもの。

私風に言うなら、『お前が他の声を無視して甘い対応を決めた以上、一番責任があるんだよ！』ということですね！　決定権を持つ奴の判断が一番重要であり、その決定に沿った行ないで何か問題が発生した際、そいつが責任を取るのは常識です。

この予想が事実であるなら、ハーヴィス王妃は間違いなくその立場に相応しい才媛なのだろう。ハーヴィスでさえなければ、その才覚を発揮できる場があったろうに。

事実、皆の視線は大半がハーヴィス王妃の方に向いている。警戒すべきは此方(こちら)だ、と言わんばかりだ。先ほどからの遣り取りで、私もそう感じてしまう。

では、私もそれに便乗して、ちょっと突いてみましょうか。

「エルシュオン殿下、私から質問してもいいですか？」

「何だい、ミヅキ」

「今のハーヴィス王妃様の言葉を聞いて、少し聞きたいことができたんですが」

正直に言えば、魔王様は少し考える素振りを見せて。

「いいよ、きっと必要なことだろうからね」

「ありがとうございます」

許可が出た。よしよし、それでは質問タイムといきましょう♪

「お二人にお尋ねします。貴方達にとって、アグノス様はどのような立場にある方ですか？」

「『え？』」

唐突な質問の意図が判らなかったのか、二人は目を瞬かせた。

「家族としてなのか、王族としてなのか……まあ、そういったことを伺いたいんですよ」

そこまで言うと、困惑を露にしながらも、二人は其々口を開いた。

「私にとってのアグノスは愛娘、だな。母親であった側室は私の最愛の女性であったが、アグノスを産んで亡くなってしまった。だからこそ、余計に私が守らねばという気持ちが強い」

「……」

いや、『側室は最愛の女性だった』って部分は要らねーだろ。

思わず、内心突っ込むが、口には出さずに華麗にスルー。誰もお前の恋愛話は聞いてないっての！

私の他にも、微妙な表情になる人が何名か。こちらは王の恋愛話云々よりも、先ほどの質問にあった『アグノスへの甘い対応』への言い訳のように捉えたか。

どちらにしろ、こういった場では余計なことを言わない方が得策です。ハーヴィス王よ、貴方はもう少し外交を学べ。たやすく同情してくれるほど、イルフェナは甘くない。

「私は……このようなことを口にすると信じてもらえないかもしれませんが、娘のように思っております。私自身、子を産み育てた母親ですわ。王妃という立場を捨てることはできませんので、どうしても立場が前提となる言葉が多くなってしまいますが、案じております」

ハーヴィス王妃の方は『娘のように思っている』と言いながらも、はっきりと『立場を捨てることはできない』と言い切った。

彼女は『母親』という家族としての立場ではなく、『ハーヴィスの王妃』という立場を前提として、アグノスの教育に対し、苦言を呈していたのだろう。

……間違いなく、正しい対応はハーヴィス王妃の方だな。言い換えれば、『ハーヴィス王が国を第一に考えていたら、どれほどアグノスの信奉者が多くとも、適切な教育と対応ができた』ってことだもの。

と、言うか。

私が聞きたかったのは、二人のアグノスへの対応の仕方だ。個人の感情に重きを置くのか、それとも立場優先か。それによって、アグノスへの接し方は大きく変わってくるのだから。

「ありがとうございます。ハーヴィス王陛下にとって、アグノス様は『王女の一人』というより、『愛娘』という認識で宜しいでしょうか？」

にこりと笑って礼を言い、続けてハーヴィス王に問いかける。

「あ、ああ、その認識で合っている」

私の意図が読めないのか、どことなく警戒しながらも頷くハーヴィス王。

――その言葉を聞いた途端、私の笑みがさらに深まった。

「その割には、アグノス様と向き合われていなかったようですね？」

「……なに？」

「愛娘と口にするならば、頻繁に様子を見に行ったり、会話をしたりするでしょう？　長い時間は必要ありません。直接会って、一言でも言葉を交わすだけでいい。そうしていれば、アグノス様の状況を正しく知ることができたと思うのです。……それなのに、貴方は『報告を聞く限り』と言っている」

「それは……政務に忙しく……」

「エルシュオン殿下以上に、ですか？　ほぼ他国と繋がりを持たず、外交なんて殆どないのに？」

言い訳のように紡がれた言葉に、疑問形で追い打ちを。暗に『外交もろくにしていない国の情けない王が、魔王様以上に多忙なわけねーだろ！　配下達にそこまで頼られてないでしょ⁉』と言わんばかりの私に、隣のシュアンゼ殿下は小さく肩を震わせる。

……私の声なき主張に気付いたからって笑うでない、灰色猫。折角、遠回しな表現にしたんだから、大人しくしておいで。

「それ、は……っ」

「こちらもね、情報はそれなりに得ているのですよ。後は、私自身の経験ですね」

「は？　そういえば、其方は一体……」

今更の質問には勿論、笑顔で答えてあげよう。

「お初にお目にかかります。私、イルフェナに保護されている異世界人のミヅキと申します。……先日、貴方の国の砦を落とした魔導師、と言った方が判りやすいでしょうか」

「「なっ⁉」」

あまりのことに、ハーヴィス王妃までもが声を上げた。うん、驚いたよね！　仕方ないよね！　だけど、外道と評判の魔導師だからこそ、追及の手は緩めてあげない♪

「話を戻しますね。先ほど、私自身の経験と申し上げたように、私がイルフェナに保護されて以来、後見人となってくださったエルシュオン殿下はほぼ毎日、私と顔を合わせてくださっているのです。勿論、言葉も交わしますよ？　そんな風に過ごしていれば、必然的に親しくなれるのです。気安い態度はその結果。……だからこそ、第三者からの報告しかない貴方の『愛娘』という言葉には違和感しかない」

すいっと目を眇める。その視線の先に居るのは、狼狽した様子のハーヴィス王。

「貴方がエルシュオン殿下以上に多忙なんて、この場に居る皆様も認めないでしょう。そして、私から見た貴方のアグノス様への接し方は、『可愛がるだけで飼った気になっている、自称飼い主』に近い。愛娘と称するならば、そして最愛の女性の忘れ形見ならば、何故、頻繁に会話を交わす程度のこともできないのでしょうか？」

さあさあ、言い訳してごらんよ。私は貴方の言葉を拾った上で、それを前提にした質問をしているだけなのだから。

相手が魔導師だからと、ビビッている暇はねぇぞ？　……私は魔法による大規模な破壊活動なんかより、頭脳労働重視派なんだからさ！

第十四話　ハーヴィス王は現状を『正しく』理解する（ハーヴィス王視点）

「貴方がエルシュオン殿下以上に多忙なんて、この場に居る皆様も認めないでしょう。そして、私から見た貴方のアグノス様への接し方は、『可愛がるだけで飼った気になっている、自称飼い主』に近い。愛娘と称するならば、そして最愛の女性の忘れ形見ならば、何故、頻繁に会話を交わす程度のこともできないのでしょうか？」

――魔導師と名乗った女性から突き付けられた言葉に、私は返す言葉がなかった。

アグノスが特殊な事情を持っていようとも、私はあの子を愛している。いや、『愛しているつもりだった』と言うべきかもしれないと、気付いてしまった。

王族や貴族は民間人のように、親が直接、子を育てるわけではない。

私とて、幼少の頃から傍に居たのは乳母や侍女であり、両親が選んだ側仕え達だった。

それに疑問を感じたことはない。私だけが特殊な環境なのではなく、他の者達もそれが当たり前なのだから。民間人のように、親が直接、子育てをすることは稀であろう。


だが、魔導師から見た場合、それでは足りないのだという。

『愛娘』と言うならば、アグノスと向き合うべきであったと。


「君には馴染みがない状況かもしれないが、王族や貴族は親が直接、子育てをすることはないのだよ。そのために選定された乳母や教育係が居る」

何とかそれだけを口にするも、魔導師は納得しなかったらしい。

「それでも、情報の共有や意思の疎通は必要ですよね？」

「なに？」

「貴族ならば領地のことについて、自分の家が属する派閥について、子供の勉強の進み具合……といった感じに、『親が直接、子供と会話すること』はそれなりにあるでしょう？」

「ふむ。領地や派閥は納得できるが、勉強の進み具合は報告で十分ではないかね？」

「その報告が正しいならば、ですけどね」

「は……？」

意味が判らず、問い返す。魔導師は……どこか面白そうな顔をしていた。

「だって、『意図的に報告を偽ったり、歪めることはできる』じゃないですか。最低限、自分でその報告が正しいかを確認する必要はあるでしょう？」

「だが、それなりに信頼できる者からの報告だぞ？」

「それができていれば、アグノス様の状況にも気付けているのでは？」

「なっ……！」

さらりと返された言葉に、そこに含まれる意味に、私は言葉を失った。魔導師は暗にこう言っているのだ……『無条件に信じた結果、裏切られた』と。

同時に、私の甘さについても指摘しているのだろう。『私自身がその報告が事実かを確認していれば、今回のことは起きていない』と！

言い返したいが、言葉が出て来ない。……反論できるはずもない。

お前に何が判ると思いながらも、頭のどこかでは納得できてしまっている。

アグノスと向き合っていれば、一言でも頻繁に言葉を交わし、その状況に気付けていれば……

『今回のことは防げていた』。

魔導師が言いたいのはきっと、そういった意味なのだろう。だからこそ、私の至らなさを突きつけ、暗に批難しているのだ。

喉の渇きを覚えつつ、改めて魔導師に向き合う。『ハーヴィスの砦を落とした』と聞いたせいもあろうが、目の前の女性が妙に恐ろしく思えてしまった。

何故なら——

魔導師は私との会話中、ずっと笑みを浮かべているのだ。

この場にそぐわぬ笑みを浮かべる中、目だけが笑っていない。

一度気付いてしまえば、彼女が私に向ける感情が好意的でないと判ってしまう。事実、彼女は先ほどよりも笑みを深め、獲物を捉えたかのように私を見つめている。……私の言葉を待っている。

ただ、それだけ。それだけのはずなのに……迂闊なことを言ってはいけないと、危機感にも似た感情を抱いてしまう。

魔導師と言えども、この場では魔法を使うことを禁じられているはず。

何故、恐怖にも似た感情を覚えるのだろう……？

「あら、黙ってしまいましたね。『愛娘』と仰る上、『血の淀み』を持つと判っていながら適切な対処をしなかったのですから、こちらが納得できる回答を頂かねば困ります」

「困る……？」

「だって、『きちんとやっていた』なんて、口では幾らでも言えるじゃないですか。重要なのは被害者側――イルフェナとゼブレスト、そして偶然にも襲撃者達の撃退に関わってくださったカルロッサが、『納得できるか、否か』ってことでしょう？」

「ぐ……！」

そう言われてしまえば、私も彼女の物言いを咎めることができなくなってしまう。あまりにも不敬な言い方だと、身分を盾に黙らせることもできようが……その場合、私はこの部屋に居る者達から『都合が悪いから黙らせた』と思われても不思議はない。

ちらりと視線を王妃に向けるも、王妃も顔を青褪めさせている。彼女も魔導師の思惑を感じ取ったらしく、警戒を強めているようだった。

そんな中、魔導師は変わらぬ口調で更に言葉を重ねていく。

「言葉が出て来ないのは、頭のどこかで『反論できない』と判っているからでしょうか？　それとも、自覚がありながら誤魔化そうとしたんでしょうかね？」

「違う！　私は本当にっ……」

「もしくは、それを事実と認められないのでしょうか。『事実と認めてしまえば、亡き最愛の人が遺した娘に対し、無関心だった』と思われてしまうものね？　ああ、それとも……」

一度言葉を切って、魔導師は無邪気にも見える表情で笑った。

「その全てに気付いているから、指摘されたくはなかったんですかね？」

次々と繰り出される言葉という名の刃に、私は内心、悲鳴を上げる。それでも、周囲の者達が魔導師を止めることはない。まるで、彼女が彼らの代表であるかのよう。

……。

確かに、私は現実から目を逸らし続けてきた自覚がある。それは魔導師の言うとおりであるし、それだけならば認められた。

だが、私は亡き側室からアグノスのことを頼まれていたのだ。

その事実が、私を苦しめる。お前は最愛の妃の期待も、想いも、全てを踏み躙ったのだと……『その誓いを守るだけの能力などなかった』のだと、声なき声が私を責め立てる。

「ハーヴィスって、王の意思が最も尊重されるんですってね。ならば、対処はいくらでもできたはず。助言をしてくれる人が居た。苦言を呈すると共に、意見を出した人が居た。……それらを無視して自分の意志を貫いた以上、貴方は答える義務があるんですよ。『それらの意見を無下にした理由』があったんでしょうから」

「……っ」

にやりとした笑みを口元に浮かべる魔導師に、私は彼女から批難されていると確信した。間違いなく、この問いかけは魔導師からの批難なのだろう。

魔導師はエルシュオン殿下と非常に仲が良いと聞いている。先ほど語られた『日常』からしても、それが窺えた。ならば、彼女の怒りも当然と言える。魔導師を名乗っている……いや、『名乗ることを許されている』以上、何もしないなどあり得ない。

そうはいっても、今回の一件における正式な抗議はイルフェナが行なうべきもの。砦の襲撃も兵達の傷を治していたと報告を受けているので、これはささやかな報復なのか。

……だが。

私のそんな甘い考えは、すぐに消し飛ぶことになる。

「この部屋にいる人達は、私達の会話を聞いています。そして、この場はあくまでも状況の確認であり、正式な謝罪の場ではない。……私ね、正式な謝罪の場で貴方達が何を言うのか、今から凄く楽しみなんですよ」

「楽しみ……？」

「ええ！　だって、私は事前に『当然の疑問』を貴方にぶつけた。今は答えられなくても、本番で沈黙が許されるはずはないでしょう？　だから、『本番ではきちんと答えられるよう、事前に問いかけた』んですよ。考えを纏める時間があった以上、答えないわけにはいかないでしょう？」

この場で、皆の前で、私が問いかけていますものね！　と、楽しげに続ける魔導師。その途端、王妃が顔を強張(こわば)らせた。

「まさか……私達に沈黙を許さないための布石、だったのですか……？」

「謝罪に来た以上、全てを正直に話すのは当然だと思いますけど？　それでも、貴方達は一国の最高権力者。沈黙すれば、無理に口を開かせることは難しいでしょう。……ですが、私はそんなことを許すほど優しくはないのですよ」

王妃の言葉に答えつつも、魔導師は私から視線を外さない。

「誠実に謝罪するため、それ以上に国を守るためにここに来た以上、まさか答えないなんてことはないですよね？　どれほど屈辱であっても、他者に呆れられようとも、真実を話すことが唯一の解決方法ですもの」

「真実、とは……」

「言葉を濁すならば、私が問いかけて差し上げます。それに『正直に』答えてくだされば いい。ああ、同情を誘うのは悪手ですよ？　その場合、更なる追及が待ち構えているだけですから」

逃げられるなんて、思わないでくださいね……？

獲物を狙う猫のように目を細め、魔導師は笑みを深める。その笑みに、『逃げた場合に起きる災厄』を予想し、思わず背筋を凍らせた。

「できるだけイルフェナを納得させることをお勧めします。今回はイルフェナという『国』としての対処が優先されますから、イルフェナが納得すれば、私は何もしませんよ」

「ゼブレストはいいのか？」

「ルドルフ……ゼブレスト王も私と同じ選択をしていますので」

ね、と魔導師はゼブレスト王に問いかけると、ゼブレスト王は事もなげに頷いた。その気安さから、二人の親しさが透けて見えるようだった。

同時に、私達に、もはや逃げ場などないことを悟る。

これは魔導師とゼブレスト王なりの忠告なのだ。

『曖昧にすれば、ただではおかぬ』と、暗に脅しをかけている。

「ルドルフ、本当にそれでいいのかい？　君は良くても、ゼブレストという『国』は黙っていないと思うけど」

「俺はイルフェナの決定に従うと伝えているし、ミヅキが報復に出るなら、どのみち俺達の出番なんてないさ」

「まあ、そうだけど」

交わされる会話はエルシュオン殿下とゼブレスト王のもの。口調も、表情も、世間話をしているかのような気安さなのに、その内容は無視できないものである。

絶句していると、不意にエルシュオン殿下が私の方へと顔を向けた。

「こんなことは言いたくありませんが、ミヅキ……魔導師は本当に凶暴ですから。だけど、貴方達が先に仕掛けた上、『血の淀み』を理由にするならば、納得するしかない。だって、魔導師は『世界の災厄』と呼ばれているのだから。魔導師を怒らせた国の末路は、あまりにも有名でしょう？」

――ハーヴィスに逃げ場なんて、何処にもないんですよ。

そう告げられた気がした。否定したくとも、目の前の魔導師は――報告に偽りがなければ――我が国の砦をあっさりと落としているはず。彼女の見た目は報告と一致している上、これまでの実績を考えると……『あり得ない』とは言えなかった。

私は……私達は、イルフェナという国を恐れていた。だが、同時に『怒らせたのが国だからこそ、穏便に済ませる道もある』と、どこか楽観視していたのだろう。

――そんな希望はたった今、砕かれた。考えが甘過ぎたのだ……！

その状況に追い込み、私達に気付かせたのは、魔導師自身。こんな時にさえ、即座に切り返しができない私自身が心底、情けない。

私は……これまで一体、何を築き上げてきたのだろうな。

第十五話　責任の所在

黙ってしまったハーヴィス王に対し、私は何も感じなかった。顔面蒼白と言える状況だろうとも、同情なんてしない。正直なところ、『何を今更』という心境なのだ。彼が気付く機会は、きっと何度もあっただろうから。

そういった意味では、ハーヴィス王妃の方がよっぽど『保護者』と言えるだろう。

王妃としての立場を踏まえた進言と言えども、ずっとアグノスのことを気にかけてきたのだから。少なくとも、放置はしていない。彼女、アグノスの状況を薄々察していたみたいだからね。

「この場は情報共有と言うか、確認の場です。アグノス様のことについても伺う必要がありましたが、それ以上に、貴方達がアグノス様をどう思い、どんな位置付けにして、どう接してきたか、ということも重要なんですよ」

「それは『血の淀み』を持つ者への対処、という意味でしょうか」

ハーヴィス王妃の問いかけに、私は緩く首を振る。

「そうとも言えますし、違うとも言えますね。こちら側からすれば、アグノス様の状況自体がありえません。『血の淀み』という前提がある以上、『適切な措置を取られるのが普通』なのでしょう？」

「……はい、その通りですわ」

「ならば、周囲の大人達の方が責任は重い。いくら襲撃を命じたのがアグノス様であったとしても、彼女は『普通ではない』。彼女の持つ『血の淀み』は彼女が犯した罪の軽減に繋がりますが、同時に、監督責任を怠った者に非があるということになりますからね」

一言で言うと、『アグノスの罪が、そのまま責任者の罪になるだけ』ってこと。

ハーヴィス側は『アグノス様は【血の淀み】持ちなんです！　普通じゃないんです……！』と力説すれば、多少は同情してもらえると思っていた節がある。実際、それだけならば多少の同情は向けられただろう。『血の淀み』の厄介さは、各国共通の認識らしいから。

……が、当のアグノスが特殊な状況下にあったとするならば、事情は少々違ってくる。

これまでの情報や彼らの話を総合すると、現在のアグノスは周囲の大人達の思惑によって『作り上げられた存在』なのだから。

乳母の誘導がなければ、『御伽噺のお姫様』に成り切らないよね？

周囲の大人達が真っ当な教育をしてれば、襲撃が駄目なことって判るよね？

『愛娘』ならば、きちんと面倒を見るべきじゃないの？

監督責任はどうした？　王妃やその他の者達の苦言は放置か⁉

いやいやいや……どう考えても、ハーヴィス王を筆頭に、周囲の大人達に責任があるだろうよ。なにせ、子供は生まれる場所を選べない。アグノスの場合、周囲に居る大人達も限定されてしまっているから、彼らに誘導されるままに染まってしまえば、物事の善悪なんてものも判断できまい。

と、言うか。

興味深そうに話し合いを聞いているアグノスって、何て言うか……年相応には見えないんだよねぇ。どう見ても、精神年齢幼女ですよ。

サロヴァーラでティルシア達と揉めた時は幼さゆえの正直さがあったとしても、観察能力に優れていたりと、優秀な面があったことは事実。そのまま教育を施していけば、多少の歪さや頑なさがあったとしても、『優秀な王女』にはなれたと思う。

だが、今現在のアグノスは『御伽噺の世界に生きる、精神年齢幼女』。成長してないどころか、明らかに歪められてしまっているじゃないか。

ティルシア達と喧嘩になった時の、馬鹿正直さはどうした？

少なくとも、あの時はきちんと現実が見えていたんじゃないのかい？

「そうそう、私、気になっていたことがあるんですよ。……アグノス様、聞いてもいいでしょうか？」

「私？　うん、良いわよ」

話を振ると、屈託のない笑顔を浮かべるアグノス。どうやら、仲間に入れてもらえたと思ったらしく、どことなく嬉しそう。

「貴女は何故、『御伽噺のお姫様』に拘（こだわ）っているんです？」

「最初は乳母がそう言ったの。『御伽噺のお姫様のように、優しくなければなりません』って」

「なるほど、そう習ったと」

「ええ！　私は王女……お姫様なのでしょう？　だったら、御伽噺のお姫様のように優しくなければならないわ。そういうものでしょう」

正直に答えるアグノスに、取り繕っている様子は見られない。その内容もこちらが予想した通りのものなので、一番の原因は乳母の教育、ということだろうか。

アグノス的には『自分は王女なのだから、そう在るのは正しいこと』って感じなのかもね。なまじ王女という身分が同じだったため、御伽噺と混同しやすかったことも一因だな。

ある意味、アグノスの乳母の判断は正しかったのだろう……ただし、『アグノスが御伽噺を忠実に準（なぞら）えようとしなければ』。

予想外だったのが、『血の淀み』の影響。これがあったからこそ、アグノスは御伽噺の世界を忠実に守ろうとした。

乳母の理想は『御伽噺のお姫様』（個人）。

アグノスの認識は『御伽噺の世界そのもの』（お姫様含む世界の全て）。

認識のズレに気付いたところで、乳母にはアグノスの軌道修正は荷が重過ぎた。もしくは、その余裕さえなかったのかもしれない。

単純に『お姫様は皆に優しくあるべきですよ』とでも教えていれば良かったのかもしれないけれど……残念ながら、リアルな王族は優しいだけではやっていけない。どうしたって、現実との差が出る。

判りやすい例を出すなら、灰色猫ことシュアンゼ殿下だ。気安い態度も嘘ではないけれど、必要とあらば、実の親でさえ切り捨てる残酷な一面があるじゃないか。

そもそも、彼はたやすく利用されるような性格ではない。周囲の者達を適度にあしらう能力とて、彼らのような立場には必須に違いない。

って言うか、私が知っている王族は皆そんな感じ。愛と正義と善意だけで成り立つのは、子供向けの御伽噺の中くらい。

過保護な魔王様とて、『最優先は国』とはっきり明言している。王族としての矜持がある以上、それは絶対に譲れぬものなのだろう。

王族としての矜持、個人の性格、国の利に繋がる選択、建前……そういったことを考慮しながら、王族達は自らの言動を決める……のだけど。

乳母には当然、そういった経験なんてあるまい。そして、それを教えるべき親――王妃を含め、その他の王族を近寄らせなかったのならば、該当者はハーヴィス王のみ――が教えていないならば。

……。

『王族としての常識も教え込め』とか言われても、無理に決まってる。

誰だって、知らないことはできないもん！　付いて来ただけの乳母が知るはずないって！

いやいや……マジで戦犯はハーヴィス王じゃね⁉　次点で要らんことを言った側室。寧ろ、乳母はそんな状況でよく健闘した方だろう。少なくとも、彼女が生きているうちはアグノスのフォローをしていたみたいだし。

アグノスが生まれた経緯といい、その後の教育方針といい、どう考えても、一番の責任者かつ最も尽力しなきゃならない奴が、アグノスの教育を放棄してる。

そりゃ、アグノスは普通じゃないから苦労するだろうけど……そんなことを言ったら、私の保護者と化している魔王様や、ジークのお世話係のキースさんはどうなる？　二人とも、きちんと自分の仕事をした上で、私達の軌道修正してますよ！　人を使える立場のハーヴィス王には不可能なんて、思うはずねーだろ。

誰の目から見ても、苦労や責任から逃げたようにしか思えまい。それ以外、どう言えと？

ダメ親父、とっても、とってもダメ親父……！

お前がしっかりしてれば、アグノスはまともに育ったかもしれないのに！

「うわぁ、これは……」

私と同じ発想になったのか、シュアンゼ殿下が微妙な顔で呟いた。皆も表情にこそ出していないが、盛大に呆れているっぽい。一部、ドン引きしている者もいた。

ですよねー、これが、このダメ親父が、一国の王なんですよー。（棒）

ああ、ブロンデル公爵が秘かに頭痛を堪えるような顔になっている……。そうですよね、貴方のところにも事故物件が居ますものね！

少なくとも、ブロンデル公爵夫妻は親として、そして魔術師として、クラウスの軌道修正を頑張っていた。だからこそ、クラウスも二人を両親と慕えるのだろう。

魔術に傾倒し過ぎる変人だろうとも、人の心は失っていない。面倒を見てもらった過去がある以上、魔術の腕が自分より劣ったとしても、感謝と敬意は忘れまい。

……が。

アグノスの言葉はそこで終わらなかった。

「だって、私は『お母様の願いのために存在する』のでしょう?」

「……へ?」

「亡くなったお母様の望みは、私が『御伽噺のお姫様のような、幸せな人生を歩むこと』だったんですって。だから、私はお母様のために『そう在らなければいけない』のでしょう?」

……。

ぱ……ぱーどぅん? ちょっと待て、この子一体、何を言ってるのかなー?

あまりな言葉に、室内の空気が凍った。いや、あの、ちょっと待って? もしや、マジで母親の遺言じみた言葉が原因なんですか⁉ しかも、その受け取り方にも問題あり!

『国のため』ならば、まだ判る! 王族はそういう存在であることも事実なのだから。政略結婚なんて、その最たるもの。

だけど、『お母様のため』ってなんだ、『お母様のため』って!

……。

……も、もしや、『貴女様が御伽噺のお姫様のように幸せな人生を送ることは、亡きお母上様の望みなのですよ』とかいう言葉を、そのままの意味で受け取っちゃったとか……?

話した奴的には『亡きお母様はアグノス様が幸せになることを願っていました』でも、アグノス的には『お母様の願いだからこそ、私は御伽噺のお姫様にならなければいけない』。

言い方にもよるだろうけれど、母親がリアル御伽噺のヒロイン的展開で側室になったのならば……多少は誤解をさせるような表現があったかも？

普通の人ならば、成長の過程で間違いに気付くだろう。だが、生憎とアグノスは普通ではない。母の遺言（？）を、まるで自分の存在理由のように思い込んでいたとしたら……。

「え、ええと？　じゃあ、アグノス自身は御伽噺のお姫様になりたかったわけじゃない……？」

「私自身がどう生きたいのかを、聞かれたことはないわ」

衝撃のあまり呼び捨てになったが、アグノスは全く気にしないらしい。微笑んで頷くと、『それがどうしたの？』と言わんばかりに首を傾げた。

ただし、聞かされた方はたまったものではない。それはハーヴィス国王夫妻も同様。

「……。そう、ありがと」

それだけを言うと、ジトっとした目をハーヴィス王に向ける。衝撃を受けていようが、凍り付いていようが、構うものか。おい、コラ、父親。お前、本気で罪深いぞ⁉

「これを聞いても、まだ言い訳を重ねるつもりなんですかねぇ？」

「はは、まさか！『愛娘』と言っていた以上、きちんと説明してくださるだろうさ。あまり軽んじてはいけないよ、ミヅキ」

「うふふ、そうですよね！　私ったら、失礼なことを」

私を窘めるブロンデル公爵の笑みも、なんだか怖い。そして、さり気に言葉で追い込むあたり、ブロンデル公爵もアグノスの扱いを不快に思っているようだ。

魔王様は呆れた目を私に向けると、溜息を吐きながらハーヴィス国王夫妻に向き直った。

「もう十分だ。と言うより、貴方達が驚いていては、こちらとしても困ってしまう。……そうだね、二日後にしようか。正式な謝罪の場では、もう少しまともに話せるよう願っている」

そして、ちらりとアグノスへと視線を向け。

「言葉を尽くさず、きちんと向かい合っていなかったことが、ここまでのズレを生じさせたのか……。今回の件では加害者でも、長い目で見れば被害者かもしれないね」

小さく呟いた。その言葉を聞いたらしいハーヴィス王が肩を跳ねさせたとしても、気にしてやる必要はないだろう。

「明日でなくていいのかね？」

「貴方達にも時間が必要では？　謁見の間での謝罪はハーヴィスという『国』としてのもの。いい加減なことを言われても困ります」

「……。感謝する」

魔王様の気遣いに、ハーヴィス国王夫妻は素直に頭を下げた。彼らとしても予想外のことをアグノスに言われてしまったため、意見を纏める必要があると思ったらしい。

おいおい……マジで人災じゃないの？　今回のことって。『内部で画策する人がいる』ってことだったけど、この国王なら仕方ないと思うわ。私でも追い落とすもの。

第十六話　話し合い後の雑談

――ハーヴィス勢が去った部屋にて

とりあえず終了となった状況確認後、ハーヴィスの連中が去った部屋は重苦しい空気に満ちていた。

その原因は勿論、アグノスの爆弾発言各種であ～る！

いやいやいや……素直過ぎるのも問題でしょうが。

どこが『【血の淀み】は軽度』だよ、めっちゃ問題起きてるじゃん！

最初は元凶と信じて疑っていなかったアグノスの乳母に対し、私はよく頑張ったと褒めてやりたい心境だった。少なくとも、彼女だけはアグノスに向き合っていたじゃないか。遣り方はともかく、アグノスを守ろうと必死になったじゃないか……！

ハーヴィス王の対応を見る限り、これは間違っていないだろう。彼らは乳母を信頼して、アグノスを任せていたみたいだもの。

ハーヴィス王だけでなく、ハーヴィス王妃もこれは同じ。苦言を呈する必要性を感じていたとしても、彼女は乳母を悪く言ってはいなかった。つまり、王妃の目から見ても、乳母はアグノスの味方だったということ。

よって、乳母は亡き主（＝アグノス母）の言葉を忠実に守ろうとしただけと推測。

アグノスの『血の淀み』を隠そうとしたのは、それが重度と認定されれば、幽閉待ったなしだからだろう。そうなってしまえば、アグノス母こと側室が望んだ『娘に幸せな人生を云々』という、願いが叶わなくなってしまうもの。

国にとっては拙いことだろうとも、乳母はアグノスを守ることを選択した。たとえ、後にそのことがバレたとしても……『そう育てたのは乳母だから』という言い分の下、アグノスを被害者にできることを前提として。

予想外だったのが、アグノスの言葉の受け取り方。それ以上に、父親であるハーヴィス王の態度だろうな。まさか、報告だけでろくに向き合おうとしないとは思うまい。

少なくとも、乳母にとってハーヴィス王は『アグノスを守る共犯とするには値しない存在』だったわけだ。信頼しているならば、真っ先に思い浮かべる協力者になるはずだからね。

正しい報告が成されなかったのも、暗躍した者のせいもあっただろうが、乳母自身、ハーヴィス王を『こいつは信用できない』と判断していたからじゃないのか？

だって、あの王様、めっちゃ口だけの人間じゃん。

アグノスに向き合い、彼女の異常に気が付くようならば、乳母とて、素直に縋っただろう。なにせ、相手はハーヴィスにおける最高権力者。しかも、アグノスは最愛の人との娘。あの国において、これほど頼もしい味方はいまい。

……が、味方でなかった場合は最悪の敵となってしまう。

ハーヴィス王がアグノスを疎んだ場合、乳母が何を言っても幽閉待ったなし。ずっと見守っていた乳母が庇おうとも、アグノスの未来は王の一存で決定してしまう。

何の力もない乳母としては、そんな危険な賭けに出るわけにはいかなかったのだろう。そもそも、『王としての判断』と言われてしまえば、それまでなのだから。

「アグノスの乳母さんって、ハーヴィス王が信頼できないと判断したんだろうね」

思わず口に出せば、皆も納得の表情で深々と頷いた。

「自分と同じくらいアグノスの味方でいてくれるならば、頻繁に相談しただろうし、その過程で王もアグノスの異常性に気付いたと思う。逆に言えば、『信頼できないからこそ、気付かせないようにしていた』のかもしれない」

「先ほどまでのハーヴィス王の態度を見る限り、その可能性もあるよね」

「あ、魔王様もそう思います？」

「彼は綺麗事しか口にしていなかったからね。あれをそのまま信じるなら、善良な方だと思うよ。

まあ、『個人として善良な者が、名君とは限らない』けど」

「なるほど」

魔王様もその可能性を否定する気はないらしい。と言うか、半ば呆れているようだった。

ですよね、ハーヴィス王を『表に出せない秘密のお話』をする相手には選びませんよね。

「あの方は王族や貴族の教育を、自分に都合よく解釈していたからね。本人としては事実を口にしているつもりだったろうけど、部外者からすれば、言い訳以外の何物でもなかった」

「辛辣なことを言う割には、貴方はろくに口を開かなかったね？　ブロンデル公爵」

「ふふ、相手に好き放題に喋らせることこそ、勝利への近道ですよ、殿下」

にこやかに交わす会話ではないはずなのに、魔王様へと向ける表情は穏やかな笑みのまま。魔王様もブロンデル公爵の遣り方を知っているのか、苦笑気味。

こういったところは『この国の高位貴族』なんだよなぁ……ブロンデル公爵って。と言うか、私が親しくしてもらっている高位貴族達は皆、こんな感じ。

クラウスのことで頭痛を覚える姿や、奥方と仲睦まじく過ごす姿も偽りない事実だけど、『良き父』『良き夫』だけでは終わらない。

綺麗事に理解はあれど、それを別にして結果に繋げてみせる姿勢。それができるからこそ、彼は『ブロンデル公爵』という地位に居る。

対峙した者へと同情する気持ちもあるし、労る気持ちだってあるだろう。個人としてなら、かなり穏やかで優しいし。だけど、国が最優先である以上、それに流されることはない。

対して、ハーヴィス王は綺麗事だけで完結してしまっているように思えてしまう。

先ほどの態度を見る限り、亡くなった側室を未だに愛しているのは本当みたいだし、アグノスのことも大事には思っているのだろう。

……が、彼の場合は『そこで終わっている』。

自分の遣りたいことだけをやっていると言うか、偽善に生きていると言うか。

まあ、とにかく。『最良の結果を望む割に、泥を被る気がない』のよね。言っていることは立派でも、『そのために、どうすべきか』と問われれば黙ってしまう。

アグノスのことだけでなく、今回の襲撃に関しての対応の遅さも、ハーヴィス王のこういった一面が原因ではないかと思っていたり。

発想の方向性は善良だが、それで全てが思い通りに進むはずはない。そこで誰かがフォローすべく裏工作を言い出しても、王が難色を示せば、実行できないし。

もしも、今までこんなことを繰り返していたならば……追い落とされても不思議はないぞ？　あんまりにも現実が見えていないと言うか、立場を理解していないもの。

「なんか、『意図的に、御伽噺のお姫様であることを選んでいる』アグノスよりも、ハーヴィス王の方が『素の状態で、御伽噺の王様』って感じだったよね」

「ん？　ミヅキ、それってどういうことだ？」

「いや、ほら、御伽噺に出て来る王様って、現実味がないと言うか……愛と善意でできてるじゃない？　ヒーローの王子が好き勝手なことをしているのに、周りの人達は何の手も打たないし」

ルドルフの疑問に、肩を竦めて答える。現実とはあまりにも差があろう、と。

事実、『御伽噺の王様』って、主役級の立場にないと存在感は限りなくゼロだ。王子が単独で敵に挑もうと、出奔紛いのことをしていようと、対処をなーんにもやってない！

これ、現実ならばあり得ないと言い切れる。王子は王族としての資質を疑われるだろうし、廃嫡だってあり得る事態じゃん。

「ああ……そういう意味では、ハーヴィス王の方が素で御伽噺の登場人物じみていたな」

「そう思うよね？　あの人、有事の際の判断なんて、できるのかな？」

「怪しいよな」

頷き合う私達。やはり、『英雄譚に夢を見るのは五歳まで』と言い切るルドルフから見ても、ハーヴィス王はそう思える模様。

「ハーヴィスは他国と極力関わりがない状態だったから、それでも何とかなっていたんだろうね」

魔王様も直接の表現こそ避けてはいるものの、私達と同じ判断を下している。やっぱり、気のせいじゃないですよね？　言葉にこそしていないが、シュアンゼ殿下も先ほどから深く頷いているので、反論する気はないらしい。

「ですが、そうなると……ハーヴィスに抗議したところで、こちらの意図した処罰は望めませんわ」

「そうでしょうね。正直なところ、あの態度も我々の前だから、と言ったところでしょう。王妃様はこちらの意図を汲んでくださるでしょうが、王が却下してしまえば、それまでという気がします」

「不安を煽るようなことを言わないでよ、宰相補佐様にセイル」

「あれを見て、他にどう言えと言うのよ」

「そうは言いましても。無駄な期待をする性質（たち）ではありませんので」

常識人枠の宰相補佐様、そして本心は殺気に満ちているはずのセイルも揃って『否』を突き付ける。……二人とも優しい言い方をしているけど、本心は『あの盆暗（ぼんくら）にはそんな判断できんだろ』だな、多分。どうやら、彼らから見てもアウトな模様。

……。

満場一致で『ハーヴィスに自浄を求めるのは止めとけ』という判断が出てしまったようだ。ある意味、凄ぇ！　相手は一国の王だというのに。

「……で。お前は『どんな処罰』を考え付いたんだ？」

「ルドルフ……その確信に満ちた表情は何さ？」

「お前はこういったことが逆に得意だろ。と言うか、ほぼ悩まないじゃないか」

「……」

「……」

暫しの間の後。

「当然じゃん。『こちらに火の粉が降りかからない』という大前提がある以上、『そうなるように誘導すればいいだけ』でしょ」

同時に、にやり……とよく似た笑みを浮かべる私とルドルフ。端から見れば、悪巧みをしているようにしか見えまい。

「ほお……具体的には？」

「イルフェナを含めた他国に助力を求められないようにする。各国にはハーヴィスの要請を拒否できるだけの『お土産』を持って帰ってもらえばいい。勿論、それを利用して接触してみるのも有りだと思う！　自分達の目で確かめた方が楽しいよね」

「王妃や側近連中に諭されれば、さすがにあの王であろうとも動かないか？　あと、興味本位で接触した場合は間違いなく、煽り目的だと思うぞ」

「だから、無駄に高そうなプライドを刺激するようなことを言ってやればいいんじゃない！　いやぁ、謝罪の場が楽しみねっ！　情報を得た各国の動きにも是非、注目したい！」

そもそも、各国の王達は簡単に助けてくれるほど甘くはない。ほぼ関係のない国ならば、なおのこと。だが、より情報を得るために接触を図る可能性もゼロではない。

ただし、その場合はあくまでも『情報収集』が目的であって、『協力』じゃないだろう。今回の対応の遅さから見ても、ハーヴィス王は間違いなく外交に不慣れ……と言うか、苦手だと推測されるので、そういった場も苦難の時となる可能性・大。

だが、チャンスであることも事実。ここはハーヴィス王が他国に頼るような事態に発展した場合を見越し、一度限りになるであろう話し合いの場への切符を用意してあげようじゃないか。

勘違いしてはいけない、これは私なりの優しさである。嫌がらせじゃありませんとも☆　玩具が来たとばかりに、各国も一度は相手をしてくれそうじゃないか。


「私は貴族じゃないもん。ちょっと言葉が悪かろうとも、素直なことを言ってしまおうとも、異世界人で民間人なら、仕方ないことじゃない。文句があるなら、反論すればいい」

「なるほど、お前は謝罪の場でハーヴィス王をコケにする気、満々だと」

「やだなぁ、そういった場に不慣れな民間人がちょっと口を滑らせるだけだよ」

お貴族様や王族様のように、遠回しな表現なんてしないだけさ。なに、魔導師の抗議（物理）を国単位で食らうよりは優しいでしょ。

「私、あんたと魔王様にとっての真の加害者は、ハーヴィス王だと思ってるもの。即『ごめんなさい』ができなかった上、ハーヴィス王があの状態なのよ？　報復単位は国だ」

「ミヅキ、君には報復する権利がないと思うけど」

「何を言ってるんですか、魔王様！　保護者な親猫、もしくは飼い主を命の危機に遭わされた以上、報復必須ですよ？　何より、私自身の生活に関わってくるもの！」

ぐっと拳を握って力説すれば、室内に微妙な空気が満ちた。だが、これは事実であ～る！

私の日々の生活は、魔王様の庇護があってこそ。異世界人としては異例の、三食保護者付きの快適生活ですよ。抗議する権利は十分にある！

「……。その自己中極まりない本音はともかくとして。せめて、私のことは後見人と」

「親猫か飼い主じゃなきゃ、ヤダ」

「……」

顔を引き攣らせないでくださいよ、魔王様。皆、納得の表情で頷いてるじゃないですか。

「そうか、ミヅキ自身の生活に影響するならば……確かに、報復や抗議をする権利はあるかもね」

「そうですー、私自身のためですー」

「ならば、仕方ないね。今の君があるのはエルシュオン殿下のお陰というのは事実なのだから、存分にやればいいよ。応援する」

「ありがとー！」

ほら、シュアンゼ殿下も賛成してくれているじゃないですか！　悪意のない笑みの中に、微妙な黒さが滲んでいるのなんて、些細なことですよ。

「話を戻しますね。でね、その謝罪の場を記録したものを、皆に持って帰ってもらえばいいと思うの。自国で笑いものにするもよし、ハーヴィスが信頼できない証拠にするもよし、接触するためのアイテムにするもよし。そもそも、今回の一件って『今後、ハーヴィスに関わりたくない理由』としては十分でしょう？」

「そうだな。お前がハーヴィスに良い感情を持っていないことが判るし、ハーヴィスへの助力を拒否する理由としても十分だ。下手に関われば、悪者にされかねないもんな」

「その魔道具は『魔導師が皆へとお土産に渡した』って言えば、所持している理由としては十分だものね。馬鹿には関わらないことが一番だよ。内乱、下剋上、自国内で勝手にやってくれ」

皆も反論はないのか、納得の表情だ。事実、今回ばかりは『ハーヴィスに関わらない』ということが最良の手であるため、それを可能にする証拠とも言うべきものが手元にあるのは心強かろう。

これが御伽噺の世界ならば、善意溢れる国の一つや二つあるのだろうが、現実は甘くない。どんな国だって、最優先は自国なのだ。

「はぁ……まあ、また皆を落としたりするよりはマシなのか。ところで、ミヅキ。アグノス王女はどうする気だい？　さすがに無罪放免にはできないよ？」

「それも考えてありますよ。私としても、アグノスの無罪放免は考えてませんから。ただ、ちょっと許可を得なければならない人達が居るので、今は保留で」

魔王様は納得していないようだが、これればかりは仕方ない。と言うか、魔王様としては『精神年齢幼女なアグノス』が心配なのだろう。彼女とて、ある意味では被害者なのだから。

「さあ、謝罪の場が楽しみね」

「はいはい、遣り過ぎないようにね」

大丈夫ですよ、魔王様。だって、さっきから団長さん達は一言も止めてないじゃないですか。私の行ないはイルフェナの総意です、そ・う・い！

第十七話　後悔と少しの希望

――イルフェナ・王城の一室にて（ハーヴィス王妃視点）

「……」

何度目かの溜息を吐く。あくまでも情報の共有、そして確認の場だったというのに、私達は疲れ果てていた。

特に意地悪な質問をされたわけではない。イルフェナ側は少しでも情報を得ることが目的とばかりに、随分と気を使ってくれたと思う。

――だが、そんな状況でさえ、私達は言葉に詰まる始末。

偏（ひとえ）に、私達の経験不足が露呈したと言ってもいい。ハーヴィスは長らく、他国との関わりを最小限にしてきたのだから。

言い方は悪いが、『他国の者達の目に晒されることに慣れていない』のだ。

これが身分が下の者達が相手であったならばまだ、取り繕うことができただろう。関わる事のない国と言えども、私達は国王夫妻。まともな教育を受けた者ならば、他国の最高権力者を相手に、無礼な言動は慎むはず。

……まあ、この場合の『無礼な言動』とやらは、『私達が言葉に困るような内容、もしくは問いかけ』であり、こちらに対する気遣いがなかった場合のことなのだけど。

情けないと思っても、私達にはそれに縋るしかない。培われた経験の差というものは、どうしようもないのだ。ただ、ただ、こちらの力不足を痛感するばかりである。

もっとも……今回ばかりは、その気遣いに縋ることさえ無理だと判ってしまった。

一国を統べる者という身分を匂わせたところで、気遣いなど期待できない。いや、『寧ろ、こちらが気を付けなければならない相手がイルフェナ側に居る』！

それは勿論、あの魔導師だ。最低限の口調こそ保っていたが、彼女には私達への気遣いなど欠片もないだろう。いや、他国の国王夫妻に対する建前すら、あるかどうか。

だが、その理由とて、納得できてしまう。敬愛する保護者たるエルシュオン殿下を傷つけた存在を、あの魔導師は許す気などないのだ……！

……。

そうでなければ、ああもたやすく砦を落とすことなどすまい。我が国の二つの砦の陥落はまさに、魔導師からの『警告』ではないか。

彼女にとっては、我が国など『その程度の存在』なのだと……『いつでも壊せる上、何人死のうが構わない』のだと、嫌でも気付かされてしまった。

『逃げることや誤魔化すことなど、許さない』と言われた気がした。

彼女はその実力をもって、ハーヴィスに選択を迫ったのだ。


……結果として、私達が謝罪に赴く他はないと判断された。『これ以上引き延ばせば、何をされるか判らない』と、誰もが魔導師による報復を恐れたのだ。

イルフェナという『国』が相手ならば、多少は譲歩を引き出すこともできただろう。国にとって有益か、否か。エルシュオン殿下の命が助かった以上、ハーヴィス側にかなりの非があろうとも、そこから交渉を重ねることはできたのだから。


重要なのはいつだって、『国にとって有益か、否か』ということ。


けれど、『そういった事情が通じない相手』ならば……一体、どうすればいいのだろう？

異世界人である以上、この世界に血縁者はいないだろう。身分とて、民間人扱い……所謂『不敬罪を考えなければ、家同士の繋がりや派閥といったものが通じない立場』。柵が存在しない。

魔導師となったのも彼女自身の努力の賜であって、魔法の使いどころは本人の判断に委ねられる。

そして、彼女は魔法を扱う者として相応しい才覚を持っていた。『魔術師には賢い者が多い』と言われるように、彼女自身も賢かったのだ。あの短い遣り取りでさえ、私はそう感じ取っていた。

『異世界人は常識が違うことさえ当然』？

『異世界人はその知識こそ尊ばれるが、無力』？

一体、何の冗談だ！　あの魔導師は自分の力と立場を最大限に利用し、『最も効果的な攻撃』を仕掛けてきたじゃないか……！

ハーヴィスにおいて、異世界人の認識が覆るのは当然のことだろう。ハーヴィスの閉鎖性を問題視していた私とて、こんなことになるとは思わなかったのだから。

皮肉なことに……本当に皮肉なことだが、魔導師の襲撃を皮切りにして、ハーヴィスは漸く自分達が立ち止まり過ぎていることに気付いたのだ。『古い情報をいつまでも重要視していれば、首を絞めることになる』と。

変化を受け入れることは恐ろしく、それ以上に困難だろう。それでも遣り遂げなければ、緩やかに国は滅びていく。危機感が芽生えた以上、見なかったことにするわけにはいかない。

それだけが唯一、私達が此度の一件から得たものだろう。様々な面で未熟さ、至らなさを突きつけられたことは大きな傷となったけれど、国が本当に後戻りできない状態になる前に気付くことができたのだから。

そこまで考えて、私はほんの少しだけ心が軽くなった気がした。先代様のご期待に沿うことは叶わなかった私だが、ハーヴィスが変わる切っ掛けには立ち会えたのだ。

後は、王妃としてイルフェナとゼブレストに誠心誠意謝罪し、必要とあらば、この首を差し出そう。息子はまだ頼りない一面こそあるが、愚かではない。支えてくれる者達と共に、混乱するだろうハーヴィスを治めてほしかった。

そう結論付けると、沈黙したままの陛下に視線を向ける。アグノスのことがよっぽどショックだったのか、陛下の顔色は酷く悪かった。

「……いい加減に、現実を受け入れては如何(いかが)です？」

「……っ」

肩を震わせ、私の方へと視線を向けてくる陛下。その姿は不安そうな子供のようであり、『どうしていいか判らない』と言っているよう。

だが、ここはハーヴィスではない。これまで彼の言葉に賛同してきた貴族達はいないし、都合良く守ってくれる存在もいない。

「王妃よ……其方(そなた)はアグノスの真実を聞き、動揺しないのか……？」

「今更ではありませんか」

きっぱりと言い切れば、陛下は驚愕(きょうがく)ゆえか目を見開いた。

「私はずっと、あの子を厳しく躾けろと申し上げて参りました。確かに、先ほどの言葉は予想外でしたが……元より、問題があると判断していた子であることに変わりはないではありませんか」

そう、私や何名かの者はアグノスの状況に危機感を抱き、陛下に苦言を呈していた。

「それらを聞き流してきたのは、何方(どなた)です？　何故、私達がそのように申し上げるかを調べもせず、意見を退けてきたではありませんの」

「そ、それは……」

「現実は御伽噺のように、悪事を働かぬ者が良き王と呼ばれるとは限りません。『結果を出せた者こそが良き王と呼ばれる』のです。……いえ、こう言い換えましょうか。『結果を出せるよう立ち回れる者こそが、良き王と評価される』と」

善良さだけでやっていけるほど、現実は甘くない。『表向き善政を布いた者が評価される』のであり、当然、裏ありきとなるのが政。

「夢や希望、理想といったものも重要でしょう。ですが、それらはあくまでも『目標』や『目指す形』であり、叶えるためにはそれなりの泥を被らなければなりません。……が、陛下にはそれが感じられません」

「私は精一杯やっていた！」

「そうですね、陛下ご自身から見た評価は『そう』なのでしょう。ですが、結果に繋がらなければ意味がありませんわ」

きっぱりと切り捨てれば、陛下は納得できていない表情のまま黙り込む。だが、評価されるのは『結果』であり、『努力』ではないのだ。一国を背負う立場である以上、甘えは許されまい。

そもそも、陛下は勘違いをしていらっしゃるのだろう。『努力だけ』で終わってしまっていたとしても、責任は発生するのだから。

「……陛下。ハーヴィスは王権の強い国です。だからこそ、貴方が『努力だけ』で満足していようとも、やってこれました。ですが、逆に言えば、『どのような結果に終わろうとも、貴方の責任はとても重い』ということにお気付きでしょうか」

「……なに？」

「望んだ結果が出ずとも、予想外の事態が起ころうとも、全ては陛下のお言葉に従ったゆえのこと。貴方の責任はとても重い……それこそ、他国の王以上に責任重大なのですわ。苦言を呈した者が居る以上、『王一人に責任を押し付けた』などという言い訳は通用しません」

「な……」

「王権が強いということは他国も知っていることです。ですが、それはハーヴィスも同じこと。……いい加減、気付いてくださいな。過去の行ないにより、貴方はハーヴィスからも責められる立場であるということに」

絶句した陛下を、私は冷めた目で見つめた。アグノスは『御伽噺のお姫様』と称されたが、私に言わせれば、陛下の方がよっぽど物語の世界に生きている。

「『物事を決める』とは、『決定した者が責任を持つ』ということ。ご自分の言葉、態度……陛下はそれらに責任を持っておられましたか？　陛下はアグノスこそが元凶と思っていらっしゃるようですが、端から見れば、『その流れを作り出した者』こそが最も罪深い。貴方は『加害者の親』ではなく、『元凶』の一人なのですよ」

寧ろ、アグノスは愚かな両親の被害者と見られるだろう。あの子に『御伽噺のお姫様であること』を強要してきたのは、周囲の大人達なのだから。

それなのに、一番の元凶とも言える者が一体、何をしているのか。

個人的な感傷に浸る前に、どうやって責任を取るかを考えるべきだろうに。


「ですから、私はイルフェナが私達の死を望んだとしても、全く不思議に思いませんの。国王夫妻だから、というわけではございませんわよ？　このような事態を引き起こした元凶と、それを止められなかった者だからです。苦言を呈したところで、聞き入れられねば意味がありません」

私自身、王妃としての矜持がある。王を諌められなかった情けない王妃だろうとも、国を、民を守るためならば、己が命など惜しくはない。

みっともないと言われようとも、必要とあらば、跪（ひざまず）いて許しを請おうではないか。それで守るべきものが守れるならば、どれほど王妃として惨めだろうとも、私は自分を誇って逝（ゆ）くだろう。

「後悔も、悲哀も、私どもには不要なのです。……そんなものに浸る権利はありませんわ」

――だから、最期くらいは王としての姿を見せなさいな。

そう言って、笑う。それこそ、私達がハーヴィスにできる最後のことであり、アグノスの記憶に残るかもしれないものなのだから。

第十八話　親猫の敵は身近にいた

――イルフェナ王城・エルシュオンの執務室にて（エルシュオン視点）

久々に戻ってきた執務室で、私は漸く、安堵の息を吐く。長く感じた療養生活も終了だ。明日からはまた、いつもの日々が戻ってくるのだろう。

――そう、『明日から』は……！

つい先ほど告げられたことを思い出し、私は頭が痛かった。いや、元々、頭痛を覚えるようなイベントではあるのだが。

「陛下も判っていらっしゃいますねぇ、エル？」

私の護衛として同行し、その過程で話を聞いてしまったアルは酷く機嫌が良い。そんなアルに対し、彼のあまりの能天気さと個人的な感情を察し、私はジトっとした目を向けた。

「アル……笑い事じゃないんだよ……？」

「いえいえ、流石（さすが）は敬愛する陛下のご判断かと」

「違うだろう！　君は……いや、父上『達』は、確実に面白がっているだけじゃないか……！」

バン！　と机を手で叩くと、アルは堪えきれないとばかりに笑い出した。

「ふ……はは！　ああ、失礼。つい、堪えきれず」

「今更、取り繕わないでくれるかな⁉」

「いえいえ、一応は建前というものがありますので。……ふふ」

アルは本当に愉快なのだろう。個人的な感情を素直に表す……と言うか、顔に出すアルはとても珍しい。それが笑顔ならば、なおさらだ。

これが全く関係のない出来事ゆえのものならば、私とて嬉しく思ったに違いない。アルの隠された本性を知らなければ、今の彼は非常にまともに見えるのだから。

……が、今回ばかりはそうも言っていられなかった。

原因は勿論、私が呼び出された先……陛下の執務室で告げられたことだった。

……。


嫌な予感はしたのだ。妙に機嫌のいい父とか、何故か、そこにいた母の姿から。

まあ、日頃から仲睦まじい夫婦であるし、何らかの仕事の合間に雑談でもしていたのかもしれない。そういった意味では、二人が一緒に居ても何もおかしくはないのだから。

無難な挨拶を交わした後は、予想通りの会話が展開された。両親は私の威圧が割と平気……と言うか、慣れているので、私としても気が楽だった。

父から告げられたのは療養生活終了を喜ぶ言葉と『迂闊な真似をするな』という少しのお小言、そして今日の午後に設けられている謝罪の場について。

『今日の午後、ハーヴィス国王夫妻との謁見の場を設ける』

そう告げられたのも、予想通りのこと。あまり滞在を長引かせても意味がないし、ハーヴィス国王夫妻に考えを纏めるだけの時間も与えた。ならば、妥当なところだろう。

そう安堵しかけた私の表情を凍り付かせたのは、さらりと告げられた父――イルフェナ王からの予想外の言葉だった。

『ああ、ハーヴィス国王夫妻への質問は魔導師殿に担当してもらうから』

……。

……？

……は⁉　ミヅキ⁉

あまりな言葉に思考を停止しかけたが、即座に我に返ると、反論すべく両親を見据える。……が、私の目に映ったのは、とても楽しそうな二人の姿。

はっきり言って、二人は機嫌が良い。寧ろ、とても楽しげだった。

思わず固まる私へと、陛下は更なる追い打ちをかけた。その表情は母共々、とても楽しそうである。間違っても、他国への抗議を行なおうとする雰囲気ではない。

『ちなみに、ルドルフ陛下には了解を得ている』

おい。

『アルバートとクラレンスも賛成してくれた』

何をしている。親友の奇行を止めろ、騎士団長。

『何より、妃がとても楽しそうでね！』

……。貴女が元凶なんですか？　何を考えているんです？　母上⁉

『あと、個人的なことになるけれど……私もそろそろ、噂の黒猫を構いたくてね』

『うふふ、エル……いい加減、独り占めは狡いわよ？　だけど、ハーヴィスにちょっとした意趣返しをしたい気持ちもあるのよ』

両親の言葉と表情に、それが一番の理由だと悟った。この二人、『ミヅキを介入させた結果』を想定した上で、これらの言葉を伝えているのだ。

それに気付いた時、私の胸中は複雑だった。両親はイルフェナの頂点に立つ者として、そして私の親として、ハーヴィスに対し怒りを向けているのだろう。それは二人だけでなく、先ほど名前が出た騎士団長達も同様だと思われた。

何故なら……あの二人はミヅキの遣り方を実際に目にし、よく知っているのだから。国の品位とやらを重視するなら、間違いなく止めるはず。

いくら結果を出そうとも、それまでの過程が大問題。と言うか、ろくでもない。

それがミヅキの遣り方なのである。それらを誤魔化すために『異世界人』や『魔導師』といった言葉が使われた結果、『断罪の魔導師』などという、妙に善人じみた渾名に繋がったのだ。

実際には、自己中外道娘が敵を弄び、独自の遣り方で撃破しただけである。ミヅキは実に執念深いと言うか、不屈の根性を有しているため、己が敗北するなど決して認めない。

その挙句に、『敵を陥れてでも勝ちを狙う』という発想になっており、それらを踏まえて『黒猫が祟る』と言われているのだから。

『陛下、国のことにミヅキを使うのはどうかと思いますが』

一応の抵抗を試みるも、目の前の男は私の親である。しかも、『実力者の国』と呼ばれるイルフェナの頂点に立つ存在であって。

一瞬、にやりとした笑みを浮かべると、陛下は即座に憂い顔を『作り』、溜息交じりにその理由を述べたのだ。

『仕方ないだろう、エル。あの子は勝手にハーヴィスへ赴くほど、かの国へと報復する気満々なんだよ？　勝手にまた出て行かれるより、私達の目の届く所で、ある程度の怒りを発散させた方が良いと思うんだ』

『そうよ、エル。あの子は私達の顔を立ててくれないほど、愚かじゃないもの。それに、ちゃんと自分の立場を弁えてくれているわ。多少は言いたい放題になるだろうけど、正式な謝罪の場だと判っている以上、暴力に訴える真似はしないでしょう？』

『つまり、ミヅキに任せるのはハーヴィスのためでもあると？』

『ハーヴィスが自力であの子の怒りを鎮められるならば、いいんだけどね……報告を読む限り、火に油を注ぐことしかしなさそうだよ？』

『……』

父の言い分に、反論する言葉を私は持たなかった。ルドルフによれば、ミヅキがハーヴィスの砦二つを陥落させたのは『【穏便に済ませたい】という、私の願いを叶えるため』。

だが、そのルドルフとて言っていたではないか……『ミヅキが私からの【待て】に従うのは、五回に一回くらい』だと！

その貴重な一回に該当しなかった場合、ミヅキは嬉々として報復に興じることだろう。そうなった時は『ハーヴィス王がミヅキを納得させられなかった』という状況なので、物凄く可能性は高そうだ。寧ろ、話し合いの場のハーヴィス王を見る限り、更に怒らせる可能性の方が高い。

『私達とて、穏便に済ませたいさ。だが、今回はそうも言っていられない。そして、親としても怒りを感じている。……我々とて腑抜ける気はないのだよ、エル』

つまり、最初から期待するものは『ミヅキのやらかし』。国公認で『やっちまえ！』と。

穏便に収める――あくまでも『言葉のみに留めさせる』というものであり、『ハーヴィス王がダメージを負わない』とは言っていない――などと言ってはいるが、隠された意味は割と酷い。

私の頭の中に、玩具で黒猫を誘導する父の姿が浮かんだ。想像の中の父は、マタタビの粉をハーヴィス王に投げつけ、笑顔で黒猫をけしかけている……！

『あの……っ』

『ああ、これは決定事項だから。反論は許さないよ。じゃあ、ミヅキにも伝えておいてね』

『ちょ、お待ちください！　父上っ……』

『話は終わりだよ。アルジェント、エルを連れて行ってくれないかな』

『了解致しました』

まるで連携ができているような流れの中、笑顔で手を振る母に見送られ、私はアルの手によって強制的に話し合いの場を離脱させられたのだった。

アルとは家族ぐるみの付き合いのため、父としても命じやすかったのだろう。……まあ、妙に気安い態度でそれに乗るアルも大概なのだが。

「ほら、そろそろミヅキが来ますよ？　陛下の決定ですし、諦めましょう？」

いつの間にか笑いを収めたアルに促され、扉に視線を向ければ、ノックの音が。入室を許可すれば、ミヅキやクラウスといった馴染みの面子が姿を現す。

「お呼びですか？　魔王様」

「ああ、実はね――」

半ば自棄になりながら、ミヅキへと陛下の言葉を伝える。

――黒猫の反応は、推して知るべし。

第十九話　報復の時、来たる　其の一

——イルフェナ王城・謁見の間にて

「此度のことは、我が国にとっても軽いものではない。よって、そちらの提案通り、謁見の間での謝罪とさせてもらう。また、魔道具を使い、こちらとハーヴィスの謁見の間を映像によって繋いでいるため、あちらとの会話も可能だ。これは双方、合意のものである」

「感謝する」

「配慮いただき、嬉しく思います」

イルフェナ王の言葉に、ハーヴィス国王夫妻が揃って頭を下げる。提案を受け入れてもらえたことに安堵しているようだった。そんな様を、私はどこか冷めた目で見つめた。

……ぶっちゃけ、二人の態度はハーヴィス側の自己保身の現れなのよね。

普通は対等な立場であるはずの『国王夫妻』が、イルフェナ側に対し、一段下がった状態なのだ。ある意味、判りやすい反省の構図なのである。

言うまでもなく、これは『非はハーヴィス側にありますよ』という自己申告。無言の『ごめんな

さい』だ。最高権力者が頭を下げていることも含め、イルフェナに誠意を見せた形になる。

彼らの先触れとしてイルフェナに来たハーヴィスの使者は、状況を正しく伝えたのだろう。すなわち、『他国もハーヴィスに非があると知っていますよ』と。

それならばと、先手を打った結果が現状なのだろう。最初から『イルフェナ側に許しを請う』という姿勢を見せ付け、誠意を示そうという方針にでもなったのか。

……。


誰が考えたか知らんが、上手い手だな。

言い訳を口にせずとも、態度で『心底、反省しています』と言っているもの。

ここまでされると、イルフェナ側としても大人の対応をしなければならないのだろう。一国の王に誠意を見せられた以上、感情的に振る舞うわけにもいくまい。

……が。

イルフェナ王はさすが、魔王様の製造元だったわけで。

「私達も思うところはあるが、それ以上に怒っている子が居てね。折角だから、この場を任せてみようということになったのだよ。なに、とても賢い子だから心配はいらない」

「「は？」」

笑みさえ浮かべて告げるイルフェナ王に、ハーヴィス国王夫妻は困惑気味。まあ、それが普通の反応だろう。身分的な意味でも、第二王子が襲撃されたという意味でも、王自身か宰相クラスがじわじわと言葉で締め上げ……じゃない、言葉を交わすことになる案件なのだから。

しかし、ここはイルフェナ。通称『実力者の国』と呼ばれる国であって。全くの無名でなければ、実力を買われて抜擢されることもあるという、ちょっと特殊なお国柄なのだ。

そう思われていることを利用して、ささやかな悪意を忍ばせることも可能だったりする。

「ああ、君達もすでに会っているよ。……魔導師殿、頼むね」

「喜んで！」

「「え」」

唐突な指名に、ハーヴィス国王夫妻の顔が判りやすく引き攣った。ただ、イルフェナ側にもこれを知らない人達は結構いたらしく。

事情を知らなかった貴族達はざわめき、ひっそり紛れていたルドルフはいい笑顔で頷き、魔王様は……遠い目をして黄昏ていた。色々と思うことはあれど、王の決定には逆らえなかった模様。

なお、特別ゲストとしてこの場に居ることを許された——許されているだけで、発言権はない——我が友人一同も意外そうな顔になっている。魔王様はともかくとして、イルフェナ王が私と親しいなんて聞いたことはないはずなので、彼らも困惑気味と言った方が正しい。

「その……魔導師様、はこういった場を任せるほどに信頼を得ているのでしょうか？」

「息子はともかく、私と話したことはないよ」

困惑を露にしながらも尋ねたハーヴィス王妃に、イルフェナ王はあっさりと否定。王の言葉に益々困惑する人が続出する中、イルフェナ王は「ただし」と言葉を続けた。

「彼女は今回のことに一番怒っていると言っても過言ではない。それはハーヴィスの砦を落としたことからも判るだろう？」

「え、ええ」

「そして、私達も憤っているんだ。だからね、私はこう思ったのだよ。『言葉で報復することくらい許そうじゃないか』と」

「「な⁉」」

『言葉での報復』という発言に、ハーヴィス国王夫妻は判りやすく反応した。だが、イルフェナ王の穏やかそうな笑みは全く崩れない。

「この場ならば、魔導師殿も私の顔を立ててくれる。それ以上に、エルがいるんだ。遣り過ぎと判断すれば止めるし、状況によっては退席させることも可能だ。少なくとも、この場への参加で彼女の気が済めば、ハーヴィスへの報復は今後、起こらないだろう」

「……我が国のため、ということか。魔導師殿を抑え込める場において、言葉によって報復させる。それ以降の報復を封じる意味でも、この場を任せることにしたと」

「その通り。少なくとも、そういう約束になっているからね。ハーヴィスという『国』がこれ以上、壊されることはないだろう」

イルフェナ王の言葉に、ハーヴィス国王夫妻は顔を見合わせた。公の場においては異例中の異例とも言える人選だが、そういった取り決めが裏で成されているならば……という心境みたい。

実際、私がこういった場に出て来ることはかなりおかしいので、それなりの理由が必要になる。

その『理由』が『魔導師を納得させ、ハーヴィスをこれ以上、壊させないため』というものであるならば、イルフェナ側が気を使ったのはハーヴィスの方。

要は、『ハーヴィスのために、魔導師に怒りの発散場所を与えました』ってことですな！

他国から訪れている人々の目もあるので、イルフェナが『争いを好みません！　魔導師も大人しくさせます！』と主張したとも受け取れる、高度な言い回しである。

少なくとも、開戦の回避は確実だ。イルフェナはとても平和的な解決を望んだ、ということだろう。誰が聞いても、そう見える状況が整えられているのだから。

……ただし、場を任された私の性格を知らなければ。

私は異世界人凶暴種と言われている上、言葉遊びが得意なんですけどねぇ？

「受け入れよう。感謝する」

「彼女が多少、キツイことを口にしても許されよ」

「言葉で人は死なん。非はこちらにあるのだ、甘んじて受けよう」

ハーヴィス王からの了承の言葉に、イルフェナ王は満足そうに頷き、そして。……ひっそりと私を見て、笑みを深めた。

まるでイルフェナ側が魔導師を諌め、ハーヴィスの滅亡を回避したような展開だ。砦陥落という事実がある以上、ハーヴィス勢は一様に安堵の息を吐いている。

そんなハーヴィス勢の姿に、私は内心、大笑い！　多分、隠された本音を察したルドルフも同じ心境だろう。どうやら、これはルドルフにとっても嬉しいサプライズだったらしい。

普通ならば、ハーヴィス勢の認識は正しいだろう。国の滅亡回避ってのも、嘘じゃない。

しかし、彼らは勘違いをしているのだ……『魔導師の狙い、その本命はハーヴィスという国の破壊』なんて、私は一言も言ってないのにね。


当たり前だが、この展開は親切を装った罠である。


今回の件、事前の対処はありえたのだから。事が起きたのは全て、ハーヴィス側の怠慢のせい。

そもそも、若かりし頃のハーヴィス王の自分勝手な行動が長い時を経て、今回の件に繋がっている。それを知ったら、誰が責任追及されるかなんて明白だ。

部外者、もっと言うなら、政やその他のことに興味のない民間人からすれば、ハーヴィス王とアグノス母のことは『御伽噺のような恋物語』なのかもしれないが、二人の関係者からすれば、将来的に問題が起こること請け合い。そりゃ、必死で止める。

それでも我侭を押し通し、何の対処も取らなかったのは、ハーヴィス王自身。彼はアグノスの起こした一件の被害者ではなく、元凶なのだ。

「ご安心を。……この場で暴力なんて、振るいませんよ」

「おや、わざわざ口にしてしまっていいのかい？」

「これも一つの『誓約』ですから。『口にすることに意味がある』でしょう？」

意味を正しく感じ取ったのか、イルフェナ王が満足そうに頷く。そんな私達の遣り取りに何かを察した人達は……誰も止めに来なかった。ハーヴィス王は見捨てられた模様。

「本来ならば、君はこういった場を任されるべきではない。だが、私だけでなく、ハーヴィス王からも了承の言葉を貰った。これ以降、誰であろうと、この件に対する不満は認めない」

「……それも口にされますか」

「勿論だ。君とて、『誓約』と言ったじゃないか。後から文句を言うなんて真似はさせないよ」

――言葉にして証拠を残すのは、とても大切じゃないか。

『この場でストップをかけなかった以上、納得したとみなすからね？　文句は言わせないよ』と、暗に告げたイルフェナ王に、ひっそりと胸中で感謝を述べる。

さすが、魔王様のお父上。後から『魔導師であろうと、あんな子に任せるなんて云々』と言ってくるだろう輩への対処も万全です。

「まあ、色々と言われても仕方ありませんよ。こういった場を任せるのに相応しくないのは、事実ですから。本来の立場ではあり得ないことですしね」

それが、まさかの大抜擢。私のイルフェナ王への好感度は爆上がりした。

「ふふ、お手並み拝見といこうか」

「ご期待に応えられるよう、頑張ります！」

万全のバックアップと、『心置きなくやれ』と言わんばかりのイルフェナ王の態度に、私も笑顔で了承を。ここまでお膳立てしてもらった以上、くだらない茶番にする気はない。

事態を察した人達の様々な期待を背負っている以上、魔導師として無能な様は晒せません！

「それでは、始めさせていただきますね」

そう言って、ハーヴィス王へと向き合う。吹っ切れた様子のハーヴィス王妃――一体、何があった？　――は私の態度に警戒を強めたようだが、ハーヴィス王はこれまでの言葉をそのまま受け取っているらしく、少しだけ安堵しているようだ。

『世界の災厄』という言葉と砦陥落の事実に怯えていた彼からすれば、『国の滅亡、及び魔導師が暴れる事態の回避』という言葉が全てなのかもしれない。

……が、イルフェナはそんなに大人しい国ではないし、私も素直に振り上げた拳を下ろす性格ではなかった。繰り返すが、これは『罠』である。

さっき、魔王様の達観した表情が見えた気がするけど、気のせいですよ、気・の・せ・い。私は与えられたお仕事を頑張るだけさ。

そんな気持ちを胸に、私は獲物――もとい、ハーヴィス王へと笑みを向けた。

さあ、報復の時は来た！　言葉は暴力よりも性質が悪いと、証明して差し上げますよ？

第二十話　報復の時、来たる　其の二

緊張した面持ちのハーヴィス国王夫妻を眺め、私はほくそ笑む。

うふふ……言質はばっちり取ったからね？　なかったことにはできないからね……？

――卑怯と言うなかれ。これも必要なことなのだから。

なにせ、相手は他国の国王夫妻。しかも、ガニアにおける王弟夫妻の断罪の際、各国の王達を召還した時と同じく、ハーヴィスの謁見の間とは映像で繋がっている状態なのだ。

当然、双方向からの会話だって可能。つまり、こちらの会話にも割り込めてしまう。

そういったことが前提になっている以上、少々、私にとっては都合の悪い展開になる可能性も捨てきれない。


これ、言質を取らないままハーヴィス王を追及した場合、ハーヴィス側から『待った』がかけられてしまう可能性があるんだよねぇ。（大問題！）

『待った』の理由は不敬罪だけど、その根底にあるのが『北における異世界人の扱い』。要は、私

が異世界人であることが大きく影響してくる。

北に属する国は異世界人の扱いが悪いらしい――サロヴァーラやガニアにて痛感――ので、ハーヴィスの認識に合わせると、私はかなりソフトな対応をしなければならなくなってしまう。

イルフェナとしても、北の認識を前提に抗議された場合、それなりに考慮しなければならないだろう。ハーヴィスだけならばともかく、それは『北に属する国共通の認識』なので、下手に否定できんのだ。最初にイルフェナ王が私を抜擢したと説明したのは、このせい。

こういった細かいことを気にしなければならないのが、今回の一件の難しいところ。

そもそも、ハーヴィス王妃の話では、あちらにも改革派――王妃自身の派閥とは別らしい――が存在する。裏を返せば、ハーヴィスにも物事を冷静に判断できる人達が居るってこと。

そんな人達からすれば、現時点で最高権力者であるハーヴィス王が『他国で不要な発言をすること』（意訳）は、避けたい事態だろう。


だって、改革派の彼らは『自国を貶（おとし）めたいわけではない』。

ハーヴィスが不利になる展開は望まないから、そんな流れになれば絶対に口を出してくる。

言い方は悪いが、『国王夫妻、もしくは鎖国状態を続けた王家』が批判を受けるのはいいが、『ハーヴィスという国』が何らかのリスクを負うのは避けたいわけだ。

勿論、世間はそんなに都合よく動いてくれるはずはないし、私だって退く気はない。だけど、ハーヴィス王妃の内部告発を聞く限り、一定数はこういった展開を望む輩が居るはずだ。私達としても、そんな連中に踊らされたくはないからこそ、これまで慎重に動いてきた。当然、その努力を無にする気なんて、私にはない。


よって、『最初に言質を取りたいです』と、事前にダメ元で進言。

その結果、イルフェナ王が自ら動いてくださった、というわけ。


先ほどの会話が妙にスムーズだったのは、こういった裏事情があったからなんですね！

普通ならば、もう少し考える素振りを見せるだろう。いくら何でも、『異世界人に全て任せます』なんて、普通は言わない。反対意見だって、出たかもしれないじゃないか。

イルフェナ王がそれらを事前に抑え込み、根回しを完了させてくれたお陰で、私はあっさりと担当者に収まることができた。追及する側のイルフェナに不満の声を上げる存在が皆無だからこそ、ハーヴィス側も納得せざるを得ない状況になったとも言う。

いやぁ、想像以上に柔軟性のある人で本当に良かった！　さすが、魔王様のお父上。

「改めて、ご挨拶をさせていただきます。私はミヅキ。異世界人であり、魔導師です。自称・魔導師ではない、と自負させていただいております」

「ああ、知っている。其方の功績を考えれば、魔導師を名乗るに相応しかろう」

「ありがとうございます。では、『私がイルフェナだけではなく、各国に魔導師と認められている』ということを念頭に置いてくださいませ」

「……ふむ？　それに何の意味が？」

「私の持つ繋がり……交友関係と言いますか、人脈ですね。それらに納得していただくためです。『異世界人に高位貴族の知り合いがいる』……なんて言われても、信じがたいでしょう？」

苦笑しながら首を傾げると、ハーヴィス王はなるほどと頷いた。

「確かに、信じがたい。疑うわけではないが、私達の前にイルフェナに来た者は『魔導師と懇意にしている者から話を聞いた』と言っている。その者達の名と身分も聞いているよ。だが、『イルフェナが根回しをしたのではないか』と、疑う声があったことも事実だ」

「当然ですね。ですが、事実ですよ。私だけでなく、彼らにとっても旨みのある関係ならば、仲良くしておく……繋がりを作っておくことは有益ですもの。勿論、私にとっても」

「お互い様、というわけか」

「ええ。後見人に縋るばかりでは、魔導師として情けないでしょう？　私個人の手札を持っておくことは、自衛の一環とお考えください」

言いながら、ちらりとハーヴィス側へと視線を向ける。これはハーヴィス国王夫妻というより、彼らに向けた言葉なのだから。

言うまでもなく、牽制である。友人一同がタイミングよくイルフェナに居た以上、イルフェナ側の裏工作を疑われても仕方がない。

……が、事実は『魔導師からのお手紙にビビった人々が、情報収集のためにイルフェナに集った結果、他国の人々とエンカウント』。

冗談のようだが、本っ当～に！　『偶然、各国から来た魔導師の知り合い達がイルフェナに居合わせてしまった』だけ。皆、考えることが一緒だったとも言う。

皆さん、私に対する理解がありまくりで、何よりです。私が暴れること、前提かい！

この反応の良さには私も驚いたし、イルフェナだって驚いたさ。お陰で団長さんの執務室に連行され、団長さん＆クラレンスさんから事情聴取されましたとも。

正座させられ、『呼ぶにしても、事前に言いなさい』と怒られましたが、何か？

私、情報流しただけ！　無実！　行動したのは皆の自己責任……！

これでハーヴィス側が裏工作を疑うようなら、『魔導師を正座させて事情聴取する、騎士団長達の映像』でも見せてやる。叱られ損にはしないもん！　私、無実だもん……！

視線を向けた中継映像の中、もといハーヴィス側はやはり、ざわついているようだった。だが、当の魔導師本人が自信を持って言い切る以上、下手な追及もできないと思っているらしい。

『信じがたいことですが……そこまで仰る以上、明確な証拠があるのでしょう』

「ありますよ？　それでも疑うようなら、各国に伺ってみてもいいかもしれませんね。私達が共に行動する姿とか、仲良く過ごす目撃情報を始めとして、色々と残っているでしょうから」

事実である。基本的に私は単独行動ができない――危険人物認定されているので、監視要員は必須です――ので、証拠はボロボロ出て来るだろう。

なに、その中には『仲良く酒盛りしてました』とか、『楽しく裏工作に興じてました』といった、ちょっとばかり普通じゃないものがあるだけさ。

『……。いいえ、十分です』

分が悪いと思ったのか、ちょっと悔しそうに宰相らしき人が会話を打ち切る。頭が回る人なら、『各国との間でそういう取り決めが成されている』と思い当たるだろうし、これ以上の疑いは不毛なことだと悟ったのかもしれない。

よしよし、この件はこれで終了。『イルフェナに居た各国の人達は、魔導師と仲良し』ということが『事実』として認識されるだろう。

「しかし、随分と慎重なのだな」

視線を向けた先には、どこか感心したようなハーヴィス王。

「エルシュオン殿下の教育の賜なのか」

「……ええ、そうですよ。私が異世界人であるという事実は変わらないので、それを踏まえて行動することが必要になりますから。今のことに関して言うならば、『私の個人的な人脈と証明し、悪意ある疑惑をイルフェナへと向けさせることを防ぐための必須事項』といったところでしょうか」

「ああ、先ほど私が口にした『疑惑』か」

頷くことで肯定を。ハーヴィス王は軽く捉えているようだが、これは決して見過ごしていいことではない。

「見方を変えれば、まるでイルフェナ側が画策したような印象を受けるでしょう？　当然、そんなことは許せません。……ですが、それを証明しない、もしくはハーヴィス側に納得させない限り、悪意を持って事実のように噂を流す方もいらっしゃるのですよ」

「あまり褒められたことではありませんが、噂は王族・貴族にとっては無視できないものですからね」

「王妃様は噂の怖さをご存じのようですね」

「ええ。些細な噂に尾鰭（おひれ）が付き、やがては問題視されるようになる。……そういったものを上手くかわす能力も必要な立場とは言え、潰される方達を見るのは良い気がしませんね」

溜息を吐きながらも、ハーヴィス王妃は私の言い分を肯定した。彼女とて、王妃に望まれるような女性……それなりに権力闘争とも言うべきものを経験してきたのだろう。

「今回、私がこの場を任されていることも同じなのです。無理を通す……いえ、『特例を作る』ならば、『周囲を納得させられるだけの根回しが必要』じゃないですか。ですから、私は自分の様々な言動が特別慎重とは思いませんよ？　私の目的は陛下が説明してくれましたが、これまでの会話は『通常ではあり得ない人選を納得させる上で、必要なこと』ですもの。義務と言ってもいい」

そこまで言って、私はハーヴィス王へと微笑んだ。

「アグノス様のお母上……生まれつき体が弱く、社交さえまともにこなせないほどだったと聞きました。その虚弱性が、血の濃さからくるものと疑われていたことも。そのような方をお妃に望んだとしても、反対されるのは当然です。どのようにして、周囲を納得させたのでしょうか?」

「……なに?」

「閉鎖的なハーヴィスは『血の淀み』が出る確率が高く、身分に縛られ、選択肢が少ない王族や高位貴族は最も気を付けなければならない立場でしょう? 各国の友人達から聞く限り、『血の淀み』はどんな国でも忌避されるもの。ならば、『どのような説得をして、我侭を叶えたのか』、非常に気になりまして」

私の問いかけに、ハーヴィス国王夫妻ははっとなった。これまで私自身の説明と思っていたものが、自分達にも当て嵌まると気付いて。

「私は『周囲を納得させることの重要さ』を説明いたしました。これは『この世界に来て一年程度の異世界人ですら、学んでいること』なのですよ。まあ、大人ならば当然ですよね」

「そ、それは……」

狼狽えているのはハーヴィス王。ハーヴィス王妃の方は……あれ、何だか納得した表情で黙っているや。事前に事情を訊いた時のように、助け舟は出さない気なのかな?

「お二方とも、納得してくださいましたよね? ですから、私も伺いたいと思ったのです。どれほど考えても、愛人にする以外、許されないと思えてしまって」

愛人=正妃どころか、側室ですらない。お仕事や立場に付随する責任がない代わり、何の権利もないという、所謂『癒し要員』です。

子供が生まれないようにするならば、体が超虚弱体質だろうとも、まだ許されるだろう。一番拙いのって、『【血の淀み】が出かねない王族の子供を産むこと』なんだから。

酷い、残酷だと言うなかれ。世の中には、どうしても『個人的な感情よりも立場に伴う責務優先』という事態は存在するのだ。特権階級に問題児（意訳）が出た場合、迷惑を被るのは国だからね。

そもそも、王の妃になった者の一番の責務が『健康な子供、特に跡取りの男児を産むこと』なんて、誰でも知っている常識じゃないか。子供ができなきゃ、離縁もある世界ですよ？

「きっと、多くの人が私と同じ疑問を持ったと思うのですよ。『何故、そのような無謀な真似が許されたのか』『周囲の者達は何をしていた⁉』とね。当たり前ですよね、別にハーヴィスが特別厳しいとかではなく、自国でも同じことなんですから」

「……そうですわね、確かにその通りですわ。当時、多くの者があの方が側室に上がることを反対なさいました。ですが、陛下は己が望みを叶えました」

「あら、そうなのですか？」

「ええ、反対するのは当然です。そこで陛下が取った行動は『民に御伽噺のような恋物語として流し、味方を作る』というものでした。全てが後手に回った結果、叶えざるを得なかった……と言ったらいいのでしょうか」

予想外の暴露、その裏切りとも言える行動に、ハーヴィス王が困惑気味に王妃を見た。だが、ハーヴィス王妃の表情は揺らがない。

「私がアグノスの教育に口を出すことを、『嫉妬からの行動』とし、まともに受け取らなかったほどですもの。何らかのお考えがあったと、そう解釈致しますわ」

「王妃よ、ここでそのようなことを口にするのは……」

「いい加減になさいませ。過去のご自分の行動が、現在の問題を招いたのです。この場に居る以上、説明責任がございます。我らはそのためにイルフェナを訪れたのですよ」

きっぱりと言い切るハーヴィス王妃に、ハーヴィス王は言葉もないようだった。これがハーヴィス内ならば、王妃を問答無用に黙らせることができただろう。王権が強いだけではなく、改革を望む王妃に反発する貴族達も多いらしいから。

だが、ここはイルフェナだった。しかも、アグノスの起こした一件の謝罪の場。ハーヴィス王妃自らの内部告発なのだ、言い逃れはできまいよ。


あっれー？　ハーヴィス王VSハーヴィス王妃でも始まりました？

あまりにも王が情けなくて、ついにブチ切れちゃったのかい？


一瞬、これは予想外だと思ったけれど、即座に違うとその考えを改める。ハーヴィス王妃の目には、諦めなんて浮かんでいないじゃないか。寧ろ、今の姿の方がずっと彼女らしいとすら思える。

……だからこそ、気付いてしまった。

ある意味、この場はハーヴィス王妃にとって最大のチャンスなのだと。

ここで下手にハーヴィス王を庇えば、ハーヴィス全体が愚か者の認定を受けることになる。当然、それは望むまい。王妃としての彼女の誇りが、それだけは許すまい。

そんな誤解を受けるならば、当時を知る王家の者として、そうなった事情を暴露してしまった方が良いと考えたのだろう。

ハーヴィス王妃の暴露話が事実ならば、愚かなのはハーヴィス王とそれを支持した者（＝王に媚びている者）となる。つまり……『ハーヴィス王妃の望む改革において、邪魔となる者達に責任を取らせることが可能』！

そう気付いた途端、私は内心、ガッツポーズ。予想外の援軍の予感に、大フィーバーである！

いいぞ、もっとやれ！

私は大いに支持するぞ！

だって、私は元凶以外どうでもいいもん。今後、ハーヴィス王妃主導で自浄を行なってくれるというなら、それに越したことはない。

事前に皆で話し合ったように『今後、ハーヴィスには一切関わらない』ってのが、今回における最善の選択よ？　火の粉が降りかかる可能性がゼロだもの。

なお、私的に元凶＝ハーヴィス王であることは言うまでもない。小賢しさをプラスした御伽噺の王子様予備軍（過去）のせいで今回の一件が起きたのならば、言い訳なり、説明なりをしてもらわなきゃなるまいよ。

反対に、王を切り捨てて国の窮地を乗り切ろうとするハーヴィス王妃の姿勢はかなり好ましい。今後はサロヴァーラの女狐様の如く、自国のみで改革に勤しんでくれそうじゃないか。

では、私からはささやかながら後押しを♪

「私も聞きたいですね。一体、どのような対策を講じたのか」

聞かせてくれますよね？　と笑顔で問いかけた私は間違いなく、ハーヴィス王からは悪魔に見えたことだろう。

……。

まだまだ嫌がらせは続くけど。

私は鬼畜外道と評判の、『貴方の身近な恐怖』こと、異世界人の魔導師ですよ♪　化け物扱い上等、『世界の災厄』呼びでもＯＫさ！

だって、人間の敵は基本的に同じ人間じゃん？　権力闘争当たり前の環境に居るんだもの、少しでも有利な展開に進めたい気持ち、判ってくれますよねぇ？

第二十一話　報復の時、来たる　其の三

王妃からも見放されたらしいハーヴィス王を、私は期待に満ちた目で見つめた。

さてさて、一体、どんな言い訳が出て来るのやら？　こう言っては何だが、この場に居るほぼ全員がハーヴィス王に期待していないと思う。理由は『この国の気質』。

イルフェナは『実力者の国』と呼ばれるほど、実力重視傾向にある。

そして、身分の高い者ほど、その地位に見合った実力を求められる国。

この場に居るような人達って、そんな環境で生き抜いてきた猛者揃いなのよね。当然、彼らの基準は厳しいものになる。

勿論、最低限……『他国の王族』という立場に対する礼儀はある。ただし、これは自国を不利な状況にさせないためであり、相手を気遣ったわけではない。

そんな人達を納得させるのは至難の業だ。今回みたいな場合、責任を追及されることが事前に判っているのだから、自国内で打ち合わせを行なっておくのが普通。

事実か、嘘かなんて、イルフェナ側に判りようがない。

そこを狙い、話を合わせておけば、ある程度は回避可能。

謙虚な姿勢で謝罪しつつ、自国の協力者達と話を合わせ、それなりに誤魔化すのが最善だろう。イルフェナとて証拠を用意できない以上、深く追及できないのだから。

……が。

様子を見る限り、ハーヴィス王はガチで『言い訳に使えそうな、当時の自分の行動』を思案しているっぽい。よく言えば真面目と言えるのだろうが、外交として考えた場合は悪手だ。答えを導き出すのが遅過ぎて、相手に不信感を抱かせるだけだからね。

なお、これらは相手に自分を追及させたい時に使うと効果的であ～る！　勝手に不審がって、さらに突っ込んだ話題に進めてくれるから。

こちらから掘り下げると、警戒されて話を打ち切られることがあるのだ。多少の演技で相手が釣れるなら安いもの！　上手く誘導して、有利な一手を打ちたいものである。

悪質？　詐欺？　はは、何のことだ。人の敵は基本的に人じゃないか。

交渉相手を手玉に取ってこそ、一人前。私は魔導師、頭脳労働職。

魔王様は頭を抱えているけどね♪

「……民の意識を高めるため、だな」

「と、言うと？」

「人気取りと言ってしまえばそれまでだが……王家や貴族に対する不満というものは、常に一定数存在する。適度に好意的にみられるような話題が必要なのだよ。そういった意味では、私達の恋は都合が良かった」

……。

あれか、さっきハーヴィス王妃様が言ったやつ。確かに、民が好きそうな……と言うか、憧れそうな内容ではあったのだろう。

「後は、彼女や彼女の実家が野心を抱くような存在ではなかったことだ。アグノスにも言えることだが、たとえ母親である側室が存命であっても、後ろ盾という意味では弱かった」

「ああ、側室を狙える令嬢を抱える家から見ても、『敵にならない』と判断されたんですね」

「まあ、そういうことだ」

なるほど、そちら方面を狙う人達から見ても都合がいい存在だったと。しかも、ここでハーヴィス王――当時はまだ王子かな？　――の味方になっておけば、次代の王に恩を売れる。

そりゃ、食いつく人達は出るでしょうね！　話を聞く限り、アグノス母って本当に体が弱かったみたいだし、実家込みでも脅威になりようがない。

酷い言い方になるけど、『時間が経てば勝手にいなくなる』（意訳）ことは確実だったろう。子を孕んだとしても、母子共に健康なんて、奇跡に等しい確率だろうし。

そんな奴らにとって最も目障りだったのが、王妃様だろうな。気が強い上に、言い負かすだけの才覚もある、本物の才媛。すでに婚姻していたならば、立場的にも強かろう。

ただ、ハーヴィス王を見る限り、こいつの補佐やフォローを担える人材を王妃にした可能性・大。先代から見ても、この息子に後を任せるのは不安だったんじゃなかろうか？

ちらりと視線を向けた先のハーヴィス王妃は、何を思い出したのか、頭が痛いと言わんばかりの表情だ。私の推測が当たっていた場合、ハーヴィス王――当時は王太子？ ――は勝手に自分にとって都合のいい流れに持って行っただろうから、色々と大変だったのかもしれない。

よし、ここは私が貴女の味方をしてあげようじゃないか！

「なるほど、それで貴方は当時、味方につけた貴族達に頭が上がらないんですね」

「……何？」

さすがに不快に思ったのか、ハーヴィス王の表情が厳しいものになる。

「貴方も仰ったように、『何らかの利用価値がなければ、賛同されない婚姻』だったわけでしょ。その理由として挙げられたものが民の人気取り。ならば、『何の旨みもない貴族が味方になるのは、次代の王たる貴方に恩を売れるから』ということじゃないですか」

「な、そんなことはっ！」

「反対意見が大半だったのに？ 普通は無理ですよ？ 『王家の人気取りが必要なほど、民の心が離れていた』とかなら別ですが、そんな状況じゃありませんよね」

「ぐ……そ、その通りだ」

「ならば、考えられることは『次代の王に恩を売る』一択！　『血の淀み』が出ても所詮は他所の家ですし、恩を売る相手としては最高です。……違うのならば、反論をどうぞ」

ほーれ、ほーれ、言ってみやがれ。私とて、鬼ではない。『これ以上に納得させられる理由』があるならば、聞いてやろうじゃないか。

ただし、別の理由があったとしても、それは物凄く特殊なものになること請け合い。私が言った二つの理由って、この場で認めるには物凄く抵抗のあることなんだもの。

『王家の人気取り云々』はマジで国崩壊の危機なので、恋に浮かれている暇はない。そんな奴が今のハーヴィスの頂点ならば、他国はまともに取り合うことをしなくなる。

『次代の王に恩を売る』ってのも、相当情けない理由だろう。要は、『国の最高権力者が己の我侭を叶えるため、貴族が差し出す餌に食いついた』ってことだもの。

どちらにせよ、ハーヴィス王はこれらの言い分に反論しなければなるまいよ。それが事実のように思われる可能性がある以上、放置するのは悪手である。

ハーヴィス王としては、もっともらしい理由を口にしたと思っただろうが……世の中はそれほど甘くはない。正確には『建前としてはよく使われるけど、実際には裏がある案件』だ。

御伽噺のような恋物語一つで王族の我侭が叶うなら、政略結婚の意味ないじゃん！　婚姻でさえ、派閥や国同士の思惑込みで行なわれる階級よ？

と、言うか。

御伽噺の王子様とお姫様、もしくはヒーローとヒロインが個人的な感情のみで結ばれるのって、大半がそこでエンドマークが付くからだぞ？

『めでたし、めでたしのその後』なんて、ないの。深く追及するのもダメ。どう頑張っても、『物語の終了時が最高に幸せな瞬間』であり、そこから先は様々な問題に取り組むことになるので、苦労の連続です。現実的に考えてはいけないものですね！

なお、これは別に恋物語だけのことではない。

国を取り戻す話だったら、次に待つのは国の立て直しと国交の回復。

冒険譚だったら、苦難の道を乗り越えた主人公に権力者達が取り込みを狙ってくる。

現実的に考えて、『やってらんねー』としか言いようのない、ハードモードな人生がスタートですよ！　大人になるにつれて御伽噺と現実を混同しなくなる理由って、こういったことに気付くからだと思うぞ？

対して、ハーヴィス王の場合。

現実を全く判っていない恋人（＝アグノス母）がそういったことに気付けたとは思わないから、彼女は純粋に『御伽噺のような恋物語が現実になった』と思っていたとしても不思議はない。

まあ、彼女の場合はかなり特殊な環境なので、同情の余地はあると言えるだろう。もしかしたら、家族は反対したかもしれないからね。

ただ、生まれた国と恋した相手が悪かった。

『王権の強い国の王子様』なんてものに望まれれば、家族は大きい声で反対なんて言えまい。やんわり言っても、当の本人達が納得するような人じゃないだろうし。

そこまで考えて、ふと、ハーヴィス勢の代表（？）からも援護発言がないことに気付く。

……？　さっきの宰相っぽい人、向こうの責任者だよねぇ？　私はハーヴィスの貴族……もっと言うなら、ハーヴィス王の支持者っぽい人達も貶してるんだけど、いいのかい？

そう思ったのは私だけじゃないらしく、ハーヴィス王妃も僅かに眉を顰めている。彼女はすでに王をバッサリやった後なので、今はハーヴィス王の回答待ち。それもあって、言葉を控えているのだろうけど、ハーヴィスからの擁護なしには思うところがあるらしい。

もしや、『もう一つの改革派』って、あの宰相っぽい人が中核になっていたりするのかな？

立場的に王の補佐的な存在だし、長年、『あれ』のお守りをしているのなら、納得だ。苦言を呈したところで、全く聞いてくれそうにないもの。

ただし、ハーヴィス王妃のように応援したい気持ちがあるかと言えば、かなり微妙。

うーん……彼らに同情はできるけど、応援できるかって問われても、その答えは『否』だ。

ハーヴィス王妃からの情報が事実なら、彼らは魔王様への襲撃を利用しようとした一派のはず。

それだけで十分アウトだ。あと、他力本願の改革派なんて、信用ならん。支持するなら、ハーヴィス王妃の方だな。

とは言え、まだまだ憶測の域を出ていない。だけど、あちらの出方を待っていたら、いつになるか判らない。

……。


煽るか。


「ハーヴィスの……ええと、宰相さん？」

『ん？　え、ええ、宰相を務めておりますが……私に何か聞きたいことでも？』

「そう！　さっきから、ずっと気になっていることがあるの！」

ビンゴ！　……とは言わず、とりあえず会話の成立を喜んでおく。視線を巡らせると、大半の人は怪訝そうな顔になっているけど、私と同じことが気になった人は興味深げに聞き耳を立てていた。

イルフェナ国王夫妻はずっと楽しげに眺めているから、何を考えているかは判らない。だけど、私を止める気もないようだ。

魔王様は……。

……。

あの、死んだ目で私を眺めないでくれませんか、親猫様。今回、よほどのことがない限りストップをかけられないと言っても、それを決めたのは私じゃありませんからね⁉

ま、まあ、いいや。さっさと会話を始めますか。

「では、そちらの代表として宰相さんに質問です。……どうして、こちらの会話に介入してこないのですか？」

『はい？』

「いえ、初めにお話しさせていただいた時は随分と、イルフェナの裏工作を疑っていたようですから。何か言われるかと。それに、貴方達の王が困っているというのに、助けないのですね？」

『それは……』

「あ、王妃様はすでに発言したから、王様の言葉を待っているだけですよ。で、どうなんです？」

無邪気を装って尋ねれば、宰相さんは視線を少しだけ鋭くさせた。

『……陛下がお答えすべきことだからです』

「でも、私の先ほどの発言は『王様や当時賛同した貴族を貶めている』と言われても、否定できません。それは宜しいので？」

『……っ』

黙った。ここまではっきり言われると、何かしら納得できる言葉が必要と気付いたのだろう。

だが、今回の私の発言は『煽り』であって。

それでは、本命の発言にいってみよー♪　何て答えてくれるのかなぁ♪

「実はね、こちらもハーヴィスに対し、『ある疑惑』があったのですよ。それは私が魔王様……エルシュオン殿下に懐いていることに起因するのですが」

『……。どのようなものですかな？』

「『エルシュオン殿下への襲撃を見逃し、わざと魔導師を怒らせ、その元凶と監督責任のある王家を追い落とさせる』というものです。要は、自分の手を汚さず、改革を試みる一派が居るんじゃないかってことですね！」


あまりにも飛躍した内容に驚いたのか、イルフェナ・ハーヴィス双方からざわめきが聞こえる。それでも、私は口にせずにはいられなかった。

実際には、そこまで望んでいないのかもしれない。だが、これは私達の間でずっと疑われていたことだったから。望むものが『王家の交代』ならば、ハーヴィス王妃と協力できないことに納得できるもの。

そもそも、ハーヴィスは元から血が濃い。高位貴族ならば、王家とそれなりに近しい血筋になっているだろう。間違いなく、王家に準ずる血を持つ人はいると思う。

それでも、『貴族』と『王家』の差は歴然としている。特に、『王がほぼ絶対者というくらいに強い』ならば、改革を試みる一環として、『王家の交代』を挙げても不思議じゃない。

『何とも大それたことですな。ですが、貴女は政というものを理解していらっしゃらないようだ。王家の交代など、そう簡単に行なえるものではないのですよ』

「私は基本的に、元凶のみを潰しているので……それが可能と考えても不思議じゃないんですよ。今回の一件と仮定するなら、私の報復対象はアグノス様とその両親、周囲の者達……といった感じですかね？　ですが、上手いこと報復対象をずらして、現王家の主だった方達や王の支持者達が報復の果てに軒並み消えれば、王家の交代は不可能ではない」

『馬鹿なことを』

「そうですかねぇ？　鎖国に近い状態のハーヴィスならば可能、と思えるのですが。そもそも、高位貴族が王位についても、王家の血は守られるでしょう？」

ハーヴィス王は声を上げない。というより、会話の邪魔をしないよう、ハーヴィス王妃が制してくれているようだ。王妃としても、この会話は重要と判断したのだろう。これから交わされる会話によっては、宰相からの言質を取ることが可能なのだから。

私の予想が正しかった場合、王妃はイルフェナ公認で宰相の言動を押さえたことになる。予想外の一手になるのだ。そりゃ、期待も高まるか。

では、もうちょっと会話を動かしてみましょうか。ごめんね、宰相さん。君達の目論見は最初から破綻しているのだよ。

「でもね、その人達は行動しなくて正解でしたよ」

『ん？』

「だって、それは大きな間違いなので。私が面倒に思っているということもありますが、基本的に、エルシュオン殿下に止められるから『その程度で済んでいるだけ』ですしね」

勿論、各国に問い合わせてもらっても構いませんよ！　と笑顔で言えば、宰相さんは判りやすく顔を引き攣らせる。

『ほ、本当に……？』

「今回、挨拶代わりに砦を落としているじゃないですか。あれ、単に保護者が寝込んでいて、止められなかっただけ。私にとっては平常運転」

ハーヴィス勢はドン引きしているけど、イルフェナ勢は慣れたもの。特に、私と親しい人達は深く頷き、それが事実と言わんばかりだ。寧ろ、まともな扱いを受けた方とか思ってそう。

そして、私にも援軍が現れた。言うまでもなく、我が親友にして襲撃に巻き込まれた当事者・ルドルフだ。

「割り込む形で申し訳ない。ゼブレストの王ルドルフだ。……これまでの噂から勘違いをしているようだが、こいつは本当に凶暴だ。王の名において、事実と宣言しよう。と言うか、ミヅキは当初、ハーヴィスごと報復対象にしようとしてたぞ？」

「『世界の災厄』に常識を期待されてもねぇ？　それに、ハーヴィスはどこの国とも関わっていないから、迷惑を掛けなさそうだったし」

「お前、時々、本当に大雑把な発想に走るもんな」

うふふ、あははと笑いながら、にこやかにルドルフと会話を交わす。そんな私達の姿は、どう見ても相手を威嚇しているようにしか思えまい。

脅迫？　威嚇？　オーケー、オーケー、全〜部正しい！　ルドルフはともかく、私は常に『貴方の身近な恐怖・魔導師さん』と名乗っているじゃないか。凶暴・化け物認定なんざ、今更さ。

そもそも、共犯のルドルフとて、温室育ちのお坊ちゃまではない。過酷な環境を生き残ってきた実績持ちなので、割と『死んでなきゃ、いいだろ』で済ますことが大半だ。

我ら、魔王殿下に庇護されし者どもぞ？　何故に、怒っていないと思う？

与えられし報復の場なれば、『親猫様を攻撃され、激おこな子猫&子犬』の晴れ舞台よ！

「いや、こんなところで本性を出さなくても……」

煩いですよ、魔王様！　しっかり、ばっちり、聞こえてますからね⁉　この場では言葉で済む分、いつもよりは大人しいでしょ！

……。

多分、今後はハーヴィスが大荒れするとは思うけど。

第二十二話　騎士はこれまでを振り返る

――イルフェナ王城・謁見の間にて（アルジェント視点）

「割り込む形で申し訳ない。ゼブレストの王ルドルフだ。……これまでの噂から勘違いをしているようだが、こいつは本当に凶暴だ。。王の名において、事実と宣言しよう。と言うか、ミヅキは当初、ハーヴィスごと報復対象にしようとしてたぞ？」

「『世界の災厄』に常識を期待されてもねぇ？　それに、ハーヴィスはどこの国とも関わっていないから、迷惑を掛けなさそうだったし」

「お前、時々、本当に大雑把な発想に走るもんな」

二人に増えた苛めっ子――我ながら適切な表現だと思います――を前に、ハーヴィスの宰相殿は酷く狼狽えたようでした。

たとえ映像越しであったとしても、双方向からの会話が可能なのです。この状況で口を噤む……という選択など、取れるはずもありません。

人の目がある以上、沈黙を貫くなど無理でしょう。誤魔化そうにも、ミヅキが先ほど先手を打っておりますので、かなり厳しいのではないかと思います。

対して、ハーヴィスの王妃様はミヅキの甚振り方と協力者――ゼブレスト王にして今回の被害者の一人でもある、ルドルフ様のことです——の出現に、益々警戒心を募らせたようでした。

こちらは王が情けない分、楽観的な思考になるわけにはいかないことも一因でしょうね。今回の一件が『すでに起きてしまったこと』である以上、何としてでも国を守らなければならないのですから。

交渉の席を設ける、取引をする……様々な方法こそありますが、それが可能となるのは、イルフェナやゼブレストが了承した場合に限るのです。

間違っても加害者側の主導にはならないので、交渉できる状況に漕ぎ着けたとしても、そこからが正念場とも言えるでしょう。

……まあ、ミヅキ曰く『魔王様ガチ勢』のミヅキとルドルフ様がとても楽しそうなので、今回はこれで手打ちになる可能性が高いのですが。二人とも、元凶を許す気などないでしょうし。

そもそも、ハーヴィスの方達は勘違いをしているのです。いえ、今回の件に限らず、『魔導師とエルシュオン殿下直属の騎士達を一纏めに考えている者達は勘違いをしている』と言った方がいいでしょうか。

私達はエルを主とする騎士ではありますが、身に纏うのは『イルフェナの騎士としての装い』。『個人』ではなく、『国』の騎士なのです。ゆえに、『国の決定には絶対服従』とも言えるでしょう。勿論、主であるエルから命（めい）が下された場合に限り、そちらが優先されますが。

対して、ミヅキはどこまでも『個人』であることを選べます。一応、イルフェナに保護されている形にはなっていますが、彼女は自他共に認める『世界の災厄こと魔導師』。

自分勝手な行動を取ろうとも、ある程度は仕方がないと思われている節がありました。『魔導師であり、異世界人ならば、仕方がない』と。

この世界のルールに従うか否かは、ミヅキ自身に掛かっていると言っても過言ではないのです。勿論、遣り過ぎれば無罪放免というわけにはいかないのでしょうけど。

……そして、そんな裏事情は今回の一件に対しても表れておりました。私達とミヅキはこの一件の最中、ほぼ別行動だったのですから。少なくとも、我らよりはシュアンゼ殿下達の方がよほど協力者と言えるでしょう。

そのような状態になったのは……私達が『イルフェナの騎士』であり、『エルの騎士でもある』という事情です。国やエルの意向を優先する我々とミヅキは、分けて考えるべきなのです。

威圧による様々な影響があることも一因でしょうが、エルは自分が関わった案件が大事になることを望みません。それが被害者という立場であろうとも。

ですから、我々は今回、動けませんでした。国が争う姿勢を見せたならばともかく、それもありませんでしたから。

基本的に、王族には有り得ないほど優しく善良なのです、エルは。それでも王族としての矜持があるので厳しい判断は下せますし、博愛主義者などではありませんが。

当然、国益が関わっている場合は手加減などできませんので、それが『魔王』という渾名の浸透に拍車をかけたのでしょう。国のために結果を出したゆえの、弊害だったのです。

そんな厳しい面もあるエルですが、彼はどうにも自分の価値を理解していない節がありました。

彼自身が被害者になったり、悪意を向けられたりしても、穏便に済ませることが多いのです。

『国』ではなく、『エルシュオンという個人』が被害者となっている場合に限り……と言えば、判りやすいでしょうか。

正直なところ、ハーヴィスはそれを判っていて、仕掛けてきたのだと思っておりました。『エルシュオン殿下を狙えば抗議はされれども、大事にすまい』と。

……。

非常に……非常に悔しいのですが、こういったこともエルならばありえたのです。

エルは幼い頃から『国の役に立つこと』で、己の存在意義を見出してきました。王族である以上、それは間違ってはいないのでしょう。

……ですが、エルの場合は『エルシュオン』という個人が持つ、当たり前の権利を疎(おろそ)かにしがちな傾向にありまして。

私達だけでなく、エルを案じる方達は内心、頭を抱えておりました。『いつか、己を悪に仕立て上げ、その人生を終えるのではないか』と。

今でこそ、そのようなことは思わないのですが……当時は本当に、いつエルが自己犠牲を口に出さないか、気が気でなかったのです。

ルドルフ様の置かれた境遇を喜ぶわけではありませんが、彼の存在は一つの抑止力となってくれました。隣国の王であるルドルフ様の助けとなるならば、エル自身もそれなりの立場で居る必要があります。同時に『頼ることができる存在』であらねば、助力など求められますまい。

結果として、あの二人は互いを守り合ってきたのです。ですから、我らはルドルフ様のためならば助力を惜しみません。口にせずとも、感謝しておりますので。

その不安がなくなったのは、ミヅキが来てからでした。

『悪』であることも、その果てに結果を出すことも、全てミヅキが担ってくれたのですから。

と言うか、今となってはそんな『腕白な子猫』が居る以上、エルはたやすく表舞台から退場するわけにはいかないのです。

ミヅキは魔導師であることに加え、嫌な方向に賢いと評判ですので……その、新たな後見人を見繕おうにも、色々と無理があると言いますか。

なにせ、ミヅキは『あの』性格。後見人を選ぼうにも、ミヅキを抑え込める人物という時点で、候補者は軒並み脱落してしまうでしょう。

そこに加えて、ミヅキと信頼関係を築けというのですから、様々な意味で無理があります。

ミヅキは『馬鹿は嫌い』と公言しておりますので、現在の彼女の功績を顧みても、エル以外に適任者はいないでしょう。

下手をすれば、後見人を務めるだけで本人のプライドは木っ端微塵、最悪の場合は王家の威信が地に落ちますからね。本当に、エルが居てくれたことは幸いでした。

まあ、そのような諸々の事情がありまして。


結果として、ミヅキの破天荒さは、エルの自己犠牲を止めたのです。

エルが担うはずだった『悪』という立ち位置も、ミヅキが主犯となれば、エルは諫める側になる。それも唯一、『異世界人の魔導師を止められる』という立場として！

ミヅキには自己犠牲といった認識はないのかもしれません。自分に正直過ぎる子ですから、『遣りたいことをやった』と言われればそれまでです。

ですが、ミヅキは無自覚ながらも、エルが悪し様に言われる未来を回避してくれたのです。

その分、ミヅキがろくでもない噂の中核になった気がしますが、本人曰く『最低より下は存在しない』『考えたのも、実行したのも私だから、評価は甘んじて受ける所存』とのことなので、全く気にしていないのでしょう。

こういったことが言えるのも、ミヅキが異世界人であることが大きいのではないかと思ってしまいます。彼女が異世界人であることは、どうしたって覆せない事実ですから。

それを強みの一つとして捉え、悪評を『化け物扱い上等！　法に従う必要がない素敵な免罪符……！』と豪語するミヅキの性格も多大に影響していますけどね。

さすが我が想い人、頼もしい限りです。意図せず他者を圧倒する姿こそ、強者の証。

視線を向けた先では、ミヅキとルドルフ様が楽しそうにハーヴィスの宰相殿を追いつめておりました。勿論、あからさまな侮辱などはしておりません。ミヅキとしては『当然の疑問』を口にしているだけですから。

……ですが、そこにルドルフ様という『一国の王』が加わると話は違ってきます。

このような公の場、それも巻き込まれたとはいえ、被害者の一人であるゼブレスト王を前に、下手な言い訳などできようはずもありません。

誤魔化そうにも、ミヅキが鋭く突いてきますので、言い逃れることは難しいでしょう。ルドルフ様がミヅキを支持している以上、その言動を不敬と言い出し、黙らせることも不可能です。

そのような『仲の良い』二人の姿に、内心、笑いが込み上げます。ちらりと視線を向けると、二人が共犯者であることを知る者達は皆、一様に面白がっているようでした。

ミヅキ一人では身分差を全面に出され、権力によって口を噤まされてしまうでしょう。

けれど、一国の王が彼女の言葉を肯定するならば、無視はできません。

一国の王とは言え、若く実績に乏しいルドルフ様お一人では少々、侮られてしまいます。ですが、彼を軽んじるならば、『実績のある魔導師』が黙っていない。

『この二人を同時に敵に回したこと』こそ、ハーヴィスの最大の誤算なのです。

片方だけでは抑え込まれる可能性があれど、二人揃うと手に負えません。あの二人、互いのどうにもならない部分を見事に補い合えるのですから。

公の場ということもあって、ハーヴィス側は安心していたのだと思います。『エルシュオン殿下に懐いていると評判の魔導師ならば、彼を困らせることはすまい』と。確かに、その通りです。

……が、ミヅキとルドルフ様は今回に限り、共通の目的を持つ共犯者。その公の場であることを逆手に取り、『(最終的に)エルが妥協できる報復』を試みているのでしょう。

私達にさえ詳細を知らせないのは偏に、イルフェナ側の裏工作と言わせないために他なりません。あくまでも、あの二人の報復なのです。

他国も魔導師と認めるほどの実績があり、武力行使も可能とばかりに、砦さえ簡単に落としてみせたミヅキには、国の法や正義など抑止力になるはずもなく。

そして、国が安定し始めたばかりとは言え、一国の王であるルドルフ様に対抗できる身分の方は限られております。しかも、その政治手腕は未だ、詳しく知られていない。

薄らであろうとも裏を察した国は、沈黙するか、こちら側に付く動きを見せました。エルを案じてイルフェナに集った皆様の個人的な感情はともかく、国は善意だけでは動きません。

ハーヴィスのやり方が気に食わないということもあるでしょうが、要は、ミヅキによるハーヴィスへの報復が怖いのです。正確には、迂闊に関わった際の飛び火が。

どの方面から攻撃が来るか判らない以上、巻き込まれても、対処のしようがありません。しかも、事情をろくに知らない自国の者がうっかり擁護しようものなら即、ハーヴィスの共犯認定待ったなしでしょう。

ルドルフ様も仰っておりますが、ミヅキは時に、非常に大雑把な解釈をするのです。それを止めているのが親猫、もといエルなのです……！

今回とて、『ハーヴィスを亡ぼせば、目的は達成できる（＝滅ぼした中に元凶が居るから）』くらい言い出しかねませんでした。まあ、ミヅキからすれば何の思い入れもない国ですし、そういった発想に至っても不思議ではないのですが。

ミヅキを知る方達はそれに気が付いたからこそ、大義名分――『魔導師と親しい』というのは事実です――のある者をイルフェナに向かわせ、敵にならないとアピールしてみせたのでしょう。

ミヅキの被害を被った国だからこその動き、と言ったところでしょうか。どなたもハーヴィスが勝つとは思っておりません。

それに我らとて、できる限り、ミヅキ達に協力する所存です。要は、『騎士である私達が報復に赴かなければいいだけ』ですからね。

それだけでは収まらないからこそ、ミヅキはセイルを『遠足』に連れて行きました。おそらくですが、セイルはそれなりに暴れてきたのではと思っております。

そう思うと同時に、私はつい、全ての元凶と言っても過言ではないハーヴィス王へと嫌悪に満ちた目を向けました。

此度のことだけでなく、ハーヴィスの宰相殿が画策したこととて、全ては不甲斐(ふがい)ない彼が原因であることは間違いないでしょう。これまでの遣り取りを思い返しても、そう思えてしまいます。

『個人』として考えるならば、彼は悪人ではないのでしょう。ですが、一国の最高権力者として見た場合、ハーヴィス王はあまりにも無責任過ぎるのです。

ミヅキの言い分ではないですが、アグノス様への接し方はまさに『愛玩動物を可愛がるだけで飼った気になっている飼い主』。本来ならば、生活面や躾(しつけ)などの苦労を伴うそれを、あの方は多分、考えもしなかったのではないのでしょうか。

『最愛の人を死に至らしめた娘と向き合うのが苦しかった』と言えば、同情を向けてくれる方もいるでしょう。

『悪政を布くことなく、暴君でもない』と、擁護する方とていらっしゃると思います。

ですが、『王』である以上、それらの行動全てに責任が伴うのです。

彼は悪人ではないけれど、無責任……いえ、己の言動に伴う責任の重さを理解してはいなかった。ミヅキではありませんが、私もそう思えてなりません。

政のミスは誰かがフォローすればいいでしょう。専門分野の知識がなければ、専門とする者に任せてしまえばいい。けれど、そういった場合であっても、『命じた者』としての責任は発生するのです。任せて終わり、ではありません。

ハーヴィス王の場合、個人的な我侭を通したいならば、その後の計画や不測の事態が起こった場合の対処法を考え、周囲に理解と協力を求めるべきでした。

それをろくに説得せず、納得させるだけの要素もなかったことから、宰相殿のような方が出てきてしまったのではないでしょうか。

アグノス様の教育とて、大まかな方針が定まっていれば、それに沿った教育がなされるはず。おかしな方向に逸れたり、問題点が見つかれば、即座に報告されたことでしょう。

勿論、それはアグノス様の周りを固める者達にも適用されます。教育の妨げになると判断されれば、即座に遠ざけられたはず。

判断の基準となる計画もなく、部分的な苦言を呈されたならば……まあ、『王妃の嫉妬』で片付ける方もいらっしゃるでしょうね。アグノス様は表面的には、特に問題を起こされていなかったようですし。

さて、本当にハーヴィス王はどうなさるおつもりなのでしょうね？　『今は』ミヅキ達の追及が宰相殿の方に向いてはいますが、見逃されたわけではありません。

と、言うか。

王があのような状態では、正しいとは言えなくとも、行動を起こした宰相殿や王妃様に同情が集まりそうな気もします。話し合いをする相手としても、お二人の方が信頼できますし。

まあ、部外者であるミヅキを利用しようとした点は問題でしょうが、根底にあるのはハーヴィスの立て直しに違いありません。きっと、これまで苦労をしてこられたと思います。

エルも、ミヅキも、そういったことには一定の理解がありますし、ルドルフ様に至っては、自国の立て直しの真っ最中なのです。宰相殿はそこまで酷いことにはならないでしょうね。

……ああ、もう一つだけ彼らが勘違いをしていることがありました。

我々は国の意向に従う者であり、主であるエルが望まないからこそ、大人しくしておりましたが。

腑抜けていたわけではないのですよ。

だって、ミヅキが動くならば……元凶は最悪な結果に導かれるでしょう？

私達は国の意向にも、主たるエルの想いにも、背（そむ）いておりません。ただ……怒れる黒猫を宥めることをしなかっただけなのです。

もしも私達が総掛かりで止めていたら……少なくとも、『遠足』は決行されていないでしょう。実際には、『つい、うっかり』見逃してしまいましたが。

これでも王族直属の騎士であり、翼の名を頂く矜持があるのです。そのような初歩的なミスなど、許されるはずはありませんからね。……『通常ならば』。

ああ、他にも些細なミスをなさった方が沢山いらっしゃったようですよ。ですが、どれも陛下直々のお許しがあったらしく、全て不問とされたようです。

……ミヅキ達を楽しそうに眺めておられる我らが陛下は、家族愛に溢れていらっしゃると同時に、大変イルフェナの気質が強い方ですから。

親猫の報復に興じる子猫と子犬を、こっそり応援してくださったのかもしれませんね。もしくは、その成長ぶりを見てみたかったのやもしれません。

特に、ルドルフ様は隣国の王としての力量を見る良い機会。その能力を見定める意味でも、この場をミヅキに委ねたのでしょうか……。

……。

ハーヴィスの皆様方？　貴方達には全く同情しませんし、身勝手な襲撃には憤る気持ちもありますので、欠片も悪いとは思いませんが……多少は役に立ってくれたのかもしれません。その点だけは感謝いたします。

第二十三話　ハーヴィスの宰相は語る

「さあ、お答えくださいな。貴方はどうして自国の王を擁護しないのかを」

「俺達は立場や情勢ゆえの行動に理解がある。正直に言えば、それなりに考慮しよう。……が、嘘や誤魔化しは悪手だと言っておく」

『く……』

映像越しの宰相は悔しそうに見えた。だが、同時に正直に話すべきか否かを迷っているようにも見える。

事実、宰相一派にとっても、これはチャンスなのだ。ルドルフは『俺達は立場や情勢ゆえの行動に理解がある。正直に言えば、それなりに考慮しよう』と口にしたのだから。

被害者の一人である、ゼブレスト王が擁護してくれるかもしれない絶好の機会。

上手くいけば、自分達の行動に正当性を持たせることもできるじゃないか。

宰相は即座にその可能性を思い付いたからこそ、言い淀んでいるのだろう。『答えない』のではなく、『どのような答えが最良か』を探っていると思われた。

苦労人のルドルフ君らしい、気遣い溢れるお言葉ですね！　異世界人凶暴種と呼ばれる私からすれば、大変思いやりに満ちた提案だと思います！

……。

『ルドルフが口にした言葉の意味を、きちんと理解できていたなら』ね。

当たり前だが、罠である。ルドルフは無条件で同情してくれるほど甘くない。

ルドルフは『立場や情勢ゆえの行動に理解がある』とは言ったけれど、『魔王様への襲撃を許す』とは言っていない。ええ、言っていませんとも。この場に居る全ての人達が証人だ。

これ、『ハーヴィスという【国】には同情するよ。だけど、エルシュオンに怪我をさせた奴には、それなりの目に遭ってもらうから』的な意味である。

要は、『ハーヴィスという国は大変ね。でも、それはこちらに関係ないし？　ただ、そういった行動を取らなければならなかった事情は察してあげる。単純に悪とは言わないよ』ということですな。

事情は考慮しよう。同情もしよう。多少は温情もかけてやる。

だけど、無罪放免とは言っていない。報復は関係者達にきっちりするからな。

ルドルフの言いたいことはきっと、こんな感じだろう。『察しろ』とばかりに詳細を口にしないのは、この一件に対する宰相の認識を知るためなのかもしれない。

なお、ハーヴィスの宰相が取るべき正しい行動は『自国の恥とも言うべき点を素直に暴露した上で、民の安寧だけを願う』だ。

言い訳や処罰の軽減などを口にせず、『あくまでも国と民のために事を起こした』ということを主張し、民への温情のみを願えば、周囲の同情とて得られるもの。

ルドルフや私を諫められる人達……イルフェナ国王夫妻とか、魔王様あたりにね。貴族達からも擁護の声が上がれば、ルドルフとて無視できまい。

要は、『【周囲を味方に付け、魔導師達を諫めてもらう】展開を狙う』のが正解ってこと。

『魔導師達を抑え込むには、どうしたらいいか』を考えるべきなのです。

だいたい、ルドルフも魔王様を慕う一人……『許す』なんて言葉が簡単に出るはずないんだよ。自分だって、巻き添えで命の危機だったんだから！

と言うか、ハーヴィスがほぼゼブレストに関わりのない国である以上、温情をかける必要なんてないし、外交方面での配慮も不要。ルドルフの対応は十分に優しいだろう。魔王様の意向を考慮した結果……という気がしなくもない。

少なくとも、私みたいに『ハーヴィスっていう【国】ごと殺っちまえばよくね？』とは言っていないじゃないか。それに比べたら、何と温い展開か！

『王への襲撃』なんて国の一大事なんだから、開戦したとしても不思議はない。自国が巻き込まれたり、次のターゲットになる可能性があるならば、各国だって黙っちゃいない。

それらの展開を想像した上での対応ができなければ、ハーヴィスの宰相は偽善者にして、ただの他力本願野郎である。泥を被る気なんてないってことだろうしね。

その上で、ルドルフは『誤魔化しや嘘はいけませんよ。一発アウトだ、判ってるんだろうなぁ？』と付け加えているので、やらかした日には一切の優しさが消えるのだろう。

多分、再びセイルが派遣されてくるぞ？　勿論、『自浄は期待できないから、実力行使。覚悟はいいか、恥知らずども』（意訳）という意味で。

「……で？　どうなんです？」

改めて聞けば、ハーヴィスの宰相は何かを決意したような表情になり。

『……。我が国の王家はもう行き詰まっているのですよ。血が濃過ぎるのです。健康で、悪政を布くような暴君でもなく、子を残せる。あまりにも愚かであれば論外ですが、この程度の条件を満たせばいいようなもの』

溜息を吐きながらも、ハーヴィス王家の内情を話し出した。

『他国と関わらなければ、必然的に血は濃くなってしまう。王家や高位貴族は特に影響を受けるでしょう。ですが、他国との国交を試みようにも、渡り合えるような者がとても少ないのです』

「まあ、長年、自国内で完結していればねぇ……」

鎖国の弊害、というやつだろう。争いからは遠ざかる代わりに競う相手の不在を招き、成長の機会がなくなってしまったのだから。

『苦難は人を育てる』というけれど、外交なんかはこの典型だ。自分の立場や人生も掛かっているからこそ、誰もが結果を出そうとするのだから。

忠誠心と言えば聞こえはいいのかもしれないが、自分のためでもあるんだよね。担当した案件によってはマジで国益が左右されてしまうから、責任重大だけどさ。

取り返しのつかない事態なんて起こそうものなら、本人どころか、家ごとヤバイ。家や一族単位で処罰ありなのが、お貴族様というものだ。他国相手の場合、さすがに未経験者に任せることはしないだろうけど……これまでハーヴィスにはそういった機会がなかった。

つまり、外交経験者が限りなくゼロに近いし、育成も難しい。能力の高い低い以前に、教育者となるべき者が居ないのだから。

『ですが、いつまでも各国と無関係でいることはできません。貴方達も察しているでしょうが、競争相手や見習うべき相手が居なければ、徐々に様々な面で劣っていく……時代に取り残されていくのですよ』

「言いたいことは判るが、まずは自国内で改善を試みるべきだろう。他国を利用する方が明らかにリスクが高い」

「そうだね、私もそう思う。危機感を煽れば、それなりにいけそう」

『変わらぬ日々を享受し、危機感を抱くことさえ忘れた者達相手に、そのような手が通じますかな？【国に何らかの危機感を抱かせ、切っ掛けとする】……私が望んだのはそういうことです』

「他力本願ねぇ」

『理解しておりますよ。まあ、魔導師殿がこちらの憂いを払拭してくだされば良かったのですが……さすがに欲張り過ぎましたな』

諦めの滲む口調で告げられたことに、私達は言葉を返せなかった。それが事実であり、宰相の本心だと、察してしまったから。……同時に、その苦労も。

イルフェナから『第二王子を襲撃された』と抗議があった今回さえ、王妃の書が届けられるまでにあれほど時間がかかったのだ。王族・貴族共にパニックを起こしていたこともあるだろうが、冗談抜きに『どうしたらいいか判らない』という人も少なからずいたんじゃないのかね？

そこまでして、漸く、ハーヴィスは自分達の現状に危機感を持った。魔導師が王家を潰しに出て来るところまでもっていければ大勝利だったろうが、それでも『人々に危機感を抱かせる』という宰相の目的は達成できている。

『私からも一つ宜しいでしょうか』

「私？　ルドルフ？」

『魔導師殿に、です』

おや、私へのご指名か。別に困ることはないし、受けても損はない。ちらりとルドルフに視線を向けると、頷いて了解してくれた。何か拙いことがあっても、助けに入ってくれる模様。

「別に構わない。一体、何を聞きたいんです？」

『貴女の……【断罪の魔導師】という渾名についてです。これまでのこともそうですが、こうして話していても、そのように善良なだけの存在には思えないのですよ』

「物事に裏があるのは当たり前でしょう？」

にこりと笑ってそれだけを返せば、宰相は探るような目を向けてきた。

『こちらが得た情報、そしてイルフェナで貴方のご友人達から伺った【事実】は比較的似ています。何より、【報酬なく動いている】という点は変わらない』

「あ～……それかぁ」

う、うん、まあ、そこは不思議に思われても仕方がないのかもしれない。ああ、ルドルフも『そこは疑問に思うよなぁ』と呟いている……！

実はこれ、一般的な魔術師が研究者気質であることが、非常に影響していたりする。ぶっちゃけると、『自分の研究成果＝名誉や利益』なので、共有しようとする魔術師が非常に少ない。

国や機関に属していれば研究成果の共有もありなのかもしれないが、個人ではまずありえないことらしい。クラウス達が変わり者扱いされるのも、仕方がないことだとか。

私の場合、その特異性からこれに当て嵌まらない。クラウス達とも事情が少々、異なっている。

これは魔導師だからというわけでなく、私個人の事情が最大の理由だ。

「大まかに言うなら、私が異世界人だからですよ」

その理由はこれに尽きる。認識のズレや、置かれた状況が多大に影響しているのだ。

『は？』

「後は、三食保護者付き、仕事ありの快適生活を送っているからです。労働して得たお金は自由に使えるし、特に不自由を感じていませんから」

『いや、その……名誉や功績といったものは……』

「異世界人である私にしか理解できない知識を、無理矢理自分の魔法に活用しているだけなので……誰にも教えられないいんですよ。意味ないでしょ、そんなもの」

マジである。クラウス達は『何となく理解して、己の知識の中に落とし込む』という方法を取っているので、本当に称賛されるべきはクラウス達のほう。

私はアイデアの提供程度なのです。料理に至っては、レシピが公開されまくりの世界に居たから、自分が利益なく伝えることが当然だと思っているもの。

「多分、貴方達の勘違いはそこから来ているんですね。仰る通り、私は善良な性格なんてしていませんよ。物欲だってあります」

主に、食料方面で。物によっては、修羅となる勢いですぞ？

「この世界の常識に当て嵌めると、そういったものに価値を見出さなければ……まあ、無欲に思われるかもしれませんね。他国でお仕事をした時に発生する報酬がないと思われれば、まるで善人のように見えるかもしれません」

『え、ええ、そう思えたのですが……正義感ゆえの行動かと』

「それ、間違いです。報酬は発生しています」

『なんですと？』

「『私が必要とするもの』って、『通常、王から与えられる報酬各種』や『名誉』とは限りませんからね。方向性が違うんですよ」

怪訝そうな宰相を前に、ちらりとルドルフへと視線を向ける。ニコッと笑ってくれたので、私も同じく笑い返す。

我らは相変わらず仲良しです。素晴らしきかな、子犬と子猫の友情。

「『異世界人にとって得難いもの』こそ、ミヅキが得た報酬ということだ」

この世界の魔術師達を知っていると、知識や技術の共有や助力は信じられないことだろうし、噂だけなら、私は無報酬で働く魔王様の駒のように思われても仕方がない。

だが、それは間違いだ。私は親猫様に養われ、愛情深くスパルタ教育され、その結果、王でさえ無視できない人脈を得た。

それがあるからこそ、今回のような無茶だってできる。北においては格下に見られがちな異世界人だろうとも、ガニアにおいて王弟夫妻を追い落とせるほどにね。

「善良な性格をしていたら、この場に居ませんって」

だから、報復なしってのはありえないの。潔く暴露したんだから、諦めて？

第二十四話　選ばれし者（＝尊い犠牲）

宰相さん――敬意を示して、『さん』付けに昇格――はあまり納得していないようだった。そんな彼の様子に、苦笑が漏れる。

そりゃ、そうだろう。宰相さんの……いや、『この世界の住人からすれば』、私が得たものは大したことはないものばかり。人脈こそ王族や高位貴族オンパレードだが、一般人がそんなものを使う機会なんてないだろう。

私とて、依頼されたお仕事やそこで発生したドンパチ（意訳）を勝ち残るために使う場合が殆ど。と、言うか。

喧嘩を売られた時以外、私が自ら参戦する場合って、ほぼないのよね。（現実）

騒動に組み込んでくるのは『この世界の住人』なので、私が自分から事を起こしに行く必要はない。わざわざ、そんな面倒なことをしない、とも言う。

それを各国が魔王様経由で依頼したり、私が個人的に喜ぶ報酬――食材、後々役に立ちそうな人脈など――で釣って、お仕事に向かわせたりしているだけである。

ただ、その『報酬』が一般的に喜ばれるかは微妙なところ。

特にガニアの米。甘い方ならばともかく、家畜の飼料にも使われる甘くない米を無料進呈！　と言われたところで、喜ぶ奴は稀だろう。

事実、魔王様も最初に話した時は非常～に微妙な顔になった。言葉にしなかったのは偏に、私がこの世界で元の世界にあった食材を探していることを知っていたからだ。

そうでなければ、止められていた可能性すらあっただろう。『イルフェナでの食生活に、何か不満があったのかい？』とか、本気で心配されそう。

勿論、今は違う。元の世界で食べていたものに近い味に調整した――甘い米を少し混ぜて一緒に炊く必要があった――米を食べさせたら、納得してくれたから。

それがなければ、今でも食の好みを疑われていた可能性・大。悪食を疑われ、魔王様による味覚矯正プランが始まってしまう。

……そんなわけで。

ハーヴィスの宰相さんが『魔導師は無報酬で働いている』と認識してしまったとしても、一概に責められないのであ～る！　私が必要としたものや、欲しがった物が特殊過ぎるのだ。

功績を考えれば、それなりの報酬――爵位、金銭、宝石など――を頂けるらしいので、そういったものが動けば噂になるはずなのだろう。それらの情報だって手に入る。

私への報酬はお貴族様が喜ぶようなものではない上、くれてやると言われても、私自身が断っていたりするので、当事者であろうとも、私が得た報酬を知らない場合が少なくない。

米はシュアンゼ殿下の独断だし、コルベラの山菜系に至っては、『新たな食材確保』という感じに、コルベラの事業に組み込まれちゃっているからね。

コルベラにはお土産代わりの塩や香辛料を持って行って、帰りにはそれが食材に化けてくるという仕組みです。なに、レシピ付きの物々交換みたいなものさ。

「別に、信じなくてもいいですけど……とりあえず『無報酬ではない』ってことだけ、理解してくださいね。報酬、貰ってますから！」

それしか言えん。寧ろ、異世界人でイルフェナに保護されてるんだから、爵位や金銭貰っても困るだけ。装飾品も使う場がないし。

「一般的な貴族が喜ぶような報酬は、逆にこいつを困らせる。貴重な魔道具だろうとも、ミヅキ自身も自作できるからなぁ……」

『は、はぁ……』

ルドルフも納得させられるような言葉が見つからないのか、首を傾げている。そんな私達の様子に、ハーヴィスの宰相さんも微妙な表情だ。

ごめん。誤解させて、マジですまんかった……！

私、奉仕精神や野心はない。あるのは物欲――主に食材――だけ！

「ま、まあ、そんなわけでな。ミヅキは決して無報酬で動いているわけじゃないんだ。単に、立場の違いから、そう見える場合が多いというだけだ。……寧ろ、食いついた場合は脇目も振らずに突き進むから、物凄く有能だぞ？　使えるものは人だろうと、物だろうと、何でも使うし」

「いや、私はいつでも『超できる子』なだけ！　やると決めたら、全力投球です！」

微妙なフォローを入れるルドルフに突っ込めば、生温かい目を向けられた。

「気合いが違うだろうが。俺は『私のために死ね！』って言いながら、精神的にも、物理的にも、敵を叩きのめす場に居合わせたぞ？　お前、味方さえ手駒として使うじゃないか」

「求められるのは結果を出すことだもん！　『世界の災厄』こと魔導師の邪魔をするほうが悪い！」

「……」

「……」

「……。確かにな。邪魔をするなら、それなりの覚悟を持てということか」

「そういうこと！」

「いや、俺はお前の執念深さや、性格の悪さに呆れているだけだから」

「理不尽！」

「結果を出すこと自体は凄い。それは事実だが、やり方が最悪だ」

周りは皆、微妙な顔になっているけど、否定の言葉は上がらなかった。と言うか、否定できるはずはない。これまでの実績が、それを物語っているからね。

私は自分についてきちんと自己申告しているもの。それを知っていて、敵になるなら……まあ、どうなるかは判るよね、みたいな？

そもそも、私に仕事を依頼した人間が居たことは事実だし、『魔導師は世界の災厄』という認識は、あまりにも有名なこの世界の定説なのだから。

つまり、今回は私を『魔導師』と認識した上で画策した宰相さんが悪い。異議は認めない。

宰相さん自身も私達の会話から『魔導師を軽視し過ぎたことが敗因』と言われていると悟ったのか、後悔の滲んだ表情になっている。その理解力の高さに、私はひっそりと喜んだ。

おお、理解力は結構あるじゃん！　そうそう、私達の会話はその認識で合っているからね？　噂は所詮、噂でしかないの。事実に非ず！

ただ、ここは公の場——もっと言うなら、ここでのやり取りは記録に残ってしまう。だからこそ、決定的な情報は避けたいのだ。今回はルドルフが居るから、多少は誤魔化せるけど。

今の『魔導師を軽視し過ぎた』ということもNGではないけれど、確実な情報として残ってしまうと、今後がちょっと動きにくくなってしまう。

ぶっちゃけると、最初から私への危険人物認定待ったなし。私がよくやる『侮らせておいて、言質を取る』という手が使えなくなってしまうのだ。

公の場で否定しない限り、『正しい情報』扱いですからね〜。これが各国にばら撒かれてしまえば、今以上に私を危険視する輩が出るだろう。

『正しい』か『正しくない』という意味ではない。

『信頼に値する情報として認識される』ということが拙いのだ。


それはちょっといただけないので、『ルドルフ君とミヅキちゃんによる、お友達同士の遠慮のない会話』にさせていただいた。信じるも、信じないも、受け取った人次第。お友達同士のじゃれ合いと解釈されても不思議はない。

これならば『ゼブレスト王（＝協力者）＆魔導師に敗北した』と誤魔化すことができる。宰相さんの言葉はこの二人に対してのものですよ、と。

ルドルフが参戦してきたのも、『王が魔導師についた』という事実を明確にするためだ。今も察して、会話に乗ってくれたルドルフには感謝である。

私は『自称・超できる子』のままでいい。協力者込みの評価であることも嘘ではないし、真実は当事者達だけが知っていればいいのだから。

「と、言うわけで！　その魔導師を怒らせた以上、どんな事情があろうとも、無罪放免はあり得ないって、理解してくれました？」

『……ああ、理解できたとも。魔導師を名乗った者……そう各国に認められた者を利用しようとした時から、我らの計画の成功はあり得なかった。その評価が、協力者込みのものであったとしても。

どのような報復も甘んじて受けよう』

その言葉を聞いた途端、私とルドルフの目がきらりと光った。気付いた人達は顔を引き攣らせるが、私とルドルフの脳内は大フィーバーである！

……。

言った。言ったな？　『どのような報復も甘んじて受ける』って、今、言ったな!?

よっしゃぁぁぁぁぁ！　今回の最難関、めでたく突破したぁぁぁっ！

とりあえず、『魔王様のお願い』を叶えるための最重要人物の言質、ゲットぉぉぉぉっ！

『魔王様のお願い』、それは……『穏便な解決』！　これを聞いた時、私とルドルフの声は綺麗にハモった。『無理』と。

いや、だってさぁ……『穏便な解決』がイルフェナとゼブレストに限定されるならば、それなりに大丈夫だったよ？　それだけで済むならね？

魔王様はこの一件の最大の被害者なのだ……その魔王様が『穏便な解決を望みます』とか言い出したら、ゼブレストは勿論のこと、イルフェナだって拳を収めるしかないじゃん？

でもね、ハーヴィスがそこに含まれるならば、難易度は跳ね上がる。理由は簡単、『ハーヴィスには貧乏くじを引ける人、もとい、自浄の中核となる人が居ないから』！

王妃様――こちらもこれまでの対応から敬意を示し、『様』付けすることにした――も悪くはない。やる気はあるし、反対されても潰されない気の強さがある。王家のために尽くす姿勢も高評価。

……が、非常に残念ながら、彼女は忠実な配下となってくれる人が少な過ぎる。ハーヴィスの気質が原因かもしれないが、手足となる賛同者に恵まれていないのだ。

対照的なのがティルシアだろう。ティルシアは敵を平然と葬る女狐様だが、一度、彼女の忠臣となった者達は絶対に裏切らない。それどころか、徐々に後を託せる忠臣の数を増やし、あの計画を実行できるまでになってみせた。

『年若い王女』が、『忠誠を向ける対象にして、彼らの主』となってみせたのだ。これはかなり凄いことであり、そのせいでティルシアは各国から警戒対象にされている。カリスマ性、超大事。

対して、ハーヴィスの王妃様は何と言うか……微妙に不安要素がある。あのイルフェナに向けた書を見る限り、気持ちだけが先走りそうな感じがするんだよねぇ。

加えて、女性であることも彼女にとっては不利に働いてしまうだろう。ハーヴィスが男尊女卑の傾向にあるとは言わないが、どうしても男性優位という気質はあるのだ。

しかも、その認識は各国共通。実績持ちならばともかく、王妃様はすでにイルフェナへの書の一件でやらかしているため、その評価は低いと言わざるを得ない。

『王妃様に中核になってもらって、ハーヴィスの自浄を目指します』と言ったところで、信じてもらえるかは怪しい……実現できるかも怪しいけどな。

って言うか、それが可能な人なら、こんな事件なんて起こっていませんからね！

そもそも、いくら元凶がハーヴィス王だろうとも、唯一、彼を諫められる王妃という立場であった以上、各国の目は自然と厳しいものになるだろう。

そんな人に、『ハーヴィスの改革』なんて重責を背負わせられるか？

どう考えても、押し潰される未来しか見えん。

そこに降って湧いたのが、ハーヴィスの宰相さん。おそらく、今回の襲撃を利用しようとした勢力の中心人物。彼もまた、ハーヴィスの未来を憂えた一人である。

宰相さんの遣り方や思惑は別にして、私とルドルフには彼が救世主（＝魔王様の願いを叶えるための犠牲者）に見えたのは言うまでもない。

アグノスの行動を利用して事を画策する以上、頭の良さは期待できるし、貴族同士の腹の探り合いにも慣れているだろう。動いてくれる手駒だっている。

年齢的にも、立場的にも、『国の未来を憂い、国が生き存える方法を探している』という大義名分が大変よく似合う。……もとい、説得力は抜群だ。

私はちらりとルドルフを見た。私が考えていることが判っているだろう親友殿は、私と同じように視線を寄越し。

――二人揃って、にやりとした笑みを浮かべた。

……。

あの、魔王様？　私達はまだ何も言っていないんだから、ぎょっとして顔色を変えないでくださいませんかね？

私は貴方の可愛い愛猫です。我ら、良い子の子犬と子猫ですってば！　今とて、親猫様の願いに沿うよう、一生懸命頭を働かせているだけですよ？

その最中、ちょっとばかり都合のいい生贄……いやいや、『ハーヴィスを立て直すために最適な人材』を見付けただけじゃないですかー。（棒）

イルフェナとゼブレスト、双方に負担が全くかからずに済むんですよ⁉　しかも、本人の望みにも沿っているから、責任者に選ばれたと気付かれにくい。

彼は今度こそ国を立て直すべきなのです。（我らに都合よく）選ばれし者なのです……！

イルフェナやゼブレストに『悪』のイメージを持たせる気はありません。寧ろ、この一件を利用して魔王様や二国の評価を上げる気、満々にございます！

今後の遣り取りは端から見れば、今回の一件の首謀者（仮）に超絶寛大な対応をしたと思われること請け合い。国を立て直そうとする者に理解を示した、優しさ溢れる決着ですよ？

なに、処罰対象者を見逃したところで、真意がバレなきゃいいんだよ、バレなければ！

『自国の未来を憂う者を許し、慈悲を与えた』とでも思わせておけ！

「報復というか……貴方には今後、『こちらの提示した条件』を満たした上で、ハーヴィスの自浄に尽力してもらいたいですね」

今更、『嫌』とか言われても聞かないけど。聞く気がないどころか、強制的にその道を歩ませる気、満々だけど……！

私達の前で口にした以上、逃げられると思うなよ？　証拠も、証人も、バッチリ揃っているからな？　言い逃れはできんぞ？

『は？　しかし、それではあまりにも我らに都合が良く……』

「今回のように、他国が巻き込まれる遣り方は困るんですよ。そうならないための措置です」

「あと、エルシュオンが穏便な解決を望んでいるからだな」

困惑気味な宰相さんへと、畳みかけるように告げる私達。王妃様は微妙に疑惑の目を向けてくるが、私達がハーヴィスの自浄を願っているのは本当だ。

ただし、ハーヴィスのためではない。偏に、魔王様のためである。次点で、今回のように迷惑を掛けられないため。それ以外に理由はない。

「まあ、どうしてそういう考えに至ったのかは、暫く考えたらいいですよ。貴方の次はこの一件の最大の元凶にして、最高責任者とのお話ですから」

そう言いながら、ハーヴィス王へと視線を向ける。矛先（ほこさき）が宰相さんに向いて安堵していたらしいハーヴィス王は、唐突に槍玉に挙がったことに驚いたのか、肩を跳ねさせた。

さて、御伽噺の登場人物のような王子様（過去）？　貴方の物語は『めでたし、めでたし』で終われるかな？

私達と『楽しく』お話ししましょうかねぇ？

エピローグ

――バラクシンにて（聖人視点）

「今頃、イルフェナではハーヴィスからの謝罪が行なわれているのだろうな」

平和そのものといった感じの空を眺め、つい、溜息を吐く。かの魔導師からもたらされた情報、そしてこうなるまでの経緯を知らされた身としては、素直に喜ぶべきなのだろう。過去、教会に属する者が犯した愚行が漸く、清算されると言えるのだから。

そもそも、私は『血の淀み』を持つアグノス王女を憐れんで行動したわけではない。

バラクシン、そして教会が、ハーヴィスの愚かさに巻き込まれる事態を危惧しただけ。

そういった意味では、魔導師は十分、期待に応えてくれたと言ってもいいだろう。各国に存在する友人・知人に情報をもたらす一方で、彼らを味方に付けてくれたのだから。

勿論、イルフェナを訪れた者達とて、どちらに付いた方が得かを考えた末の判断であろう。彼ら個人に限定すれば魔導師やエルシュオン殿下の味方であっても、立場を明確にする以上、国の駒として動く必要がある。

今回、もしも各国がハーヴィスとの関係悪化を考慮し、魔導師やイルフェナの味方をしないことを選んでいたならば……彼らは『何も知らぬ』とばかりに静観に徹し、関わることを拒否したに違いあるまい。

恩知らずと罵られようとも、それが政というものなのだ。

最重要に考えるのは自国であり、個人の感情とは別物なのである。

私とて、教会を預かる身。ゆえに、『必要なのは結果であり、時には悪となって泥を被ることも必要』と理解できていた。

……理解せざるを得なかった、というのが正しい。

力なき正義など、権力者の前には塵に等しい。寧ろ、目障りだからと、淘汰されてしまう可能性すらあったのだ。それこそ、かつて私が行動を控えていた理由である。

教会派貴族と癒着している上層部をどれほど疎もうと、私には力がなかった。信仰の尊さを信者達に語る一方で、教会内部の腐敗から目を背けていたのだ。間違っても、慕われる存在などではなかったろう。

そんな状況をあの魔導師が覆した。

そこにあったのは正義感や善意などではなく、単に『気に食わないから』。

……。

今でも思い出す度、頭痛を覚える事実である。それが仮にも世間から『断罪の魔導師』と呼ばれる人物から発せられた言葉など、誰が信じるものか！

……だが、そんな自己中心的な考え方をするせいか、かの魔導師は冗談抜きに強かった。

性格に難ありだろうとも、極度の自己中であろうとも、彼女は己の敵を許さず、共犯者となった私に宣言した通り、望んだ決着をもたらしてくれたのだ。

当時の彼女の手腕を知る私としては、『毒には毒を持って制す……いや、それ以上の毒が最も効果的なのだな』と痛感している。それほどに、魔導師ミヅキは連中をコケにしまくったのだから。

世の中には確かに、『怒らせてはいけない者』が存在するのだ。

権力や報酬で動く者なら懐柔（かいじゅう）も可能だが、そういった手が全く通用せず、感情のままに牙を剥く。

『世界の災厄』の代名詞である魔導師だから、という意味ではない。……単純に、ミヅキの性格が悪過ぎるのだ。災厄呼ばわりされていた他の魔導師達とて、『あれ』と同類扱いは嫌だろう。

まあ、とにかく。

あらゆる柵のない危険生物――それこそ、イルフェナに保護されている魔導師ミヅキの真実なのだ。仕事や何らかの事態に巻き込まれた時以外、特に問題行動を起こさないのは偏に、保護者たるエルシュオン殿下のお陰であろう。

そして、そんな敬愛する保護者が害されたら……牙を剥かぬはずはない。

ハーヴィスの内情は知らないが、今回のことは間違いなくハーヴィスに非がある。ただでさえ、他国の王族への襲撃事件を起こしている上、主犯のアグノス王女は『血の淀み』持ち。ハーヴィスが管理責任を問われるのは当然である。何せ、それはこの世界の常識であり、どの国にも共通した認識であるのだから。

何より、どこぞの鬼畜外道な魔導師に対し、立派に保護者としての責任を果たしている王子様が居るため、よりハーヴィスへの同情は薄いだろう。

どう考えても、『あの』黒猫の方が手がかかるじゃないか。

かの王子の苦労と日々の心労を想うと、ついつい涙を禁じ得ない。

ただ……私にはアグノス王女への同情の気持ちがあることも事実だった。

教会に助けを求めた乳母は必死だったろう。何としても、遺されたお嬢様の子を助けたいと……幸せな人生を歩んでほしいと、そう願っていたのだから。

父親であるはずのハーヴィス王が何もしていない中、乳母の方がよっぽど家族としての情を見せているじゃないか。結果的にそれは今回の事態を引き起こしたが、それでもアグノス王女に向けられた愛情と亡き主への忠誠は本物だったと思う。

寧ろ、私の心に湧くのはハーヴィス王への疑問と呆れ。

父親として我が子に向き合うことをせず、王としての義務を遂行することもしなかった男への感情は、紛れもなく『軽蔑』だろう。

無論、不敬であることは判っている。何らかの事情があったのかもしれないと……私には予想もつかない深い訳があったのかもしれないとは思っている。

だが、それでも！　できたことはあったはずなのだ。

大体、何故、アグノス王女の幸せを願っていた乳母は、ハーヴィス王を頼らなかったのか。

これは私がずっと感じていた疑問だった。ハーヴィスは王権の強い国……王の意思が最も優先される国とも言える。だからこそ、『血の淀み』を持つはずのアグノス王女が比較的自由だったのだから。普通は幽閉されていても不思議はない。

それが成されなかったということは、ハーヴィス王の意向が反映されたということだろう。そのようにするならば、王の忠実な手足となるような者達をアグノス王女の傍に置くべきだったはず。彼らに常に報告させ、時にはアグノス王女を抑え込む許可を与え、しっかりと躾けてくれそうな教育係を選別していれば……今回のようなことは起きていまい。

父親としても、王としても、どうにも中途半端なのだ、ハーヴィス王は。

何の対策もしていなかっただけでなく、その責任を軽く考えていた節がある。

意図的にアグノス王女を歪めた乳母にも責任はあろうが、その覚悟は雲泥(うんでい)の差だ。何せ、彼女が教会に宛てた手紙を読む限り、彼女は自分が元凶――『悪』となる覚悟ができていた。

乳母にとって予想外だったのが、自分が病を得てしまったこと。人の命はどうにもならない。後を託せる者もなく、誰より守りたかった者を置いて逝かなければならなかった彼女の無念はどれほどのものだったのだろうか？　その無念が解消されるのか、アグノス王女が彼女の下に召されるのかは、今後の決着に掛かっている。

「あの魔導師は無情ではない。アグノス王女の状況に気付いているから、そうそう悪いことにはならないと思うが……」

それでも不安がないわけではなかった。見苦しくも、ハーヴィス側が全ての責任をアグノス王女に押し付けないとも限らないのだ。

悪いことに、『エルシュオン殿下への襲撃』という意味では、アグノス王女は主犯である。正直なところ、狙った相手が他国の王族という時点で詰みであろう。

だが、それでも。

「……それでも、あの破天荒自己中娘の手腕に賭けてみたいと思ってしまうのだよ」

勿論、それはただの願望に過ぎない。まして、自分は関係者ではあっても、意見を述べる権利さえない部外者なのだ。だからこそ、善悪関係なく祈ることができる。

「私が選ぶのは教会だ。それはどうあっても変わらぬこと。だが、周囲に翻弄され続けた者に、何の感情も抱かぬわけではない。……。一人の聖職者として、私は彼女のために祈ろう。優しき我らが神よ、どうか、あの哀れな王女をお救いください」

せめて、祈りを捧げよう。生まれる場所を選べなかった王女に、非力ながら精いっぱいの抗いを見せた乳母に、そして……都合よく利用されてくれる異世界人の魔導師に。

裏切られた黒猫は幸せな魔法具ライフを目指したい

著：クレハ　イラスト：ヤミーゴ

魔女であった前世の記憶を持つ不幸体質の女子高生・クルミ。家族関係にも恵まれず、恋人が友人と浮気したりと、次から次へと不幸に見舞われる。

そんな毎日に耐えられず、元の世界に帰りたいと強く願うと、気づいたら前世の世界に。

しかし、不幸体質は転移してからも健在で、事件にまきこまれて追われる身に……。受難が続く中、自作の黒猫になれる腕輪を活用して、故郷を目指すクルミ。そんなクルミを保護した美青年・シオンは、精霊に愛される魔力を持つ特別な存在“愛し子”で……!?

「ここまで不幸か私の人生。神様のアホー！」

不幸体質の黒猫が自作の魔法具を活用して故郷を目指す！　精霊と魔法の王道異世界ファンタジー第一弾、ここに登場!!

詳しくはアリアンローズ公式サイト https://arianrose.jp/

アリアンローズ　検索

アリアンローズ既刊好評発売中!!

最新刊行作品

騎士団の金庫番 ①～②
～元経理OLの私、騎士団のお財布を握ることになりました～
著／飛野猶　イラスト／風ことら

婚約破棄をした令嬢は我慢を止めました ①～②
著／秦　イラスト／萩原 凛

二人のライバル令嬢のうち〝ハズレ令嬢〟に転生したようです。
～前世は病弱でしたが、癒しの魔法で今度は私が助けます！～
著／木村 巴　イラスト／羽公

転生令嬢、今世は愛する妹のために捧げますっ！ ①
著／遊森謡子　イラスト／hi8mugi

ぬりかべ令嬢、嫁いだ先で幸せになる ①
著／デコスケ　イラスト／封宝

裏切られた黒猫は幸せな魔法具ライフを目指したい ①
著／クレハ　イラスト／ヤミーゴ

猫に転生したら、無愛想な旦那様に溺愛されるようになりました。
著／シロヒ　イラスト／一花夜

私、魅了は使っていません
～地味令嬢は侯爵家の没落危機を救う～
著／藍沢 翠　イラスト／村上ゆいち

コミカライズ作品

悪役令嬢後宮物語 全8巻
著／涼風　イラスト／鈴ノ助

誰かこの状況を説明してください！ ①～⑨
著／徒然花　イラスト／萩原 凛

魔導師は平凡を望む ①～㉘
著／広瀬 煉　イラスト／⑪

ヤンデレ系乙女ゲーの世界に転生してしまったようです 全4巻
著／花木もみじ　イラスト／シキユリ

転生王女は今日も旗を叩き折る ①～⑥
著／ビス　イラスト／雪子

お前みたいなヒロインがいてたまるか！ 全4巻
著／白猫　イラスト／gamu

侯爵令嬢は手駒を演じる 全4巻
著／橘 千秋　イラスト／蒼崎 律

復讐を誓った白猫は竜王の膝の上で惰眠をむさぼる ①～⑥
著／クレハ　イラスト／ヤミーゴ

悪役令嬢の取り巻きやめようと思います 全4巻
著／星窓ぽんきち　イラスト／加藤絵理子

乙女ゲーム六周目、オートモードが切れました。 全3巻
著／空谷玲奈　イラスト／双葉はづき

起きたら20年後なんですけど！ 全2巻
～悪役令嬢のその後のその後～
著／遠野九重　イラスト／珠梨やすゆき

平和的ダンジョン生活。 全3巻
著／広瀬 煉　イラスト／⑪

転生しまして、現在は侍女でございます。 ①～⑦
著／玉響なつめ　イラスト／仁藤あかね

自称平凡な魔法使いのおしごと事情 シリーズ
著／橘 千秋　イラスト／えいひ

聖女になるので二度目の人生は勝手にさせてもらいます 全3巻
著／新山サホ　イラスト／羽公

魔法世界の受付嬢になりたいです 全3巻
著／まこ　イラスト／まろ

異世界でのんびり癒し手はじめます 全4巻
～毒にも薬にもならないから転生したお話～
著／カヤ　イラスト／麻先みち

冒険者の服、作ります！ ①～③
～異世界ではじめるデザイナー生活～
著／甘沢林檎　イラスト／ゆき哉

妖精印の薬屋さん ①～③ ※3巻は電子版のみ発売中
著／藤野　イラスト／ヤミーゴ

どうも、悪役にされた令嬢ですけれど 全2巻
著／佐槻奏多　イラスト／八美☆わん

脇役令嬢に転生しましたがシナリオ通りにはいかせません！ ①～②
著／柏てん　イラスト／朝日川日和

王子様なんて、こっちから願い下げですわ！ ①～②
～追放された元悪役令嬢、魔法の力で見返します～
著／柏てん　イラスト／御子柴リョウ

その他のアリアンローズ作品は **https://arianrose.jp/**

魔導師は平凡を望む　28

＊本作は「小説家になろう」（https://syosetu.com/）に掲載されていた作品を、大幅に加筆修正したものとなります。
＊この作品はフィクションです。実在の人物・団体・事件・地名・名称等とは一切関係ありません。

2021年10月20日　第一刷発行

著者 …………………………………… 広瀬 煉
©HIROSE REN/Frontier Works Inc.
イラスト ………………………………… ⑪
発行者 ………………………………… 辻 政英
発行所 ………………………… 株式会社フロンティアワークス
〒170-0013　東京都豊島区東池袋3-22-17
東池袋セントラルプレイス5F
営業　TEL 03-5957-1030　FAX 03-5957-1533
アリアンローズ公式サイト　https://arianrose.jp/
装丁デザイン ………………………… ウエダデザイン室
印刷所 ………………………… シナノ書籍印刷株式会社

二次元コードまたはURLより本書に関するアンケートにご協力ください

https://arianrose.jp/questionnaire/

● PC・スマートフォンに対応しております（一部対応していない機種もございます）。
●サイトにアクセスする際にかかる通信費はご負担ください。